AF397391

Swen Moritzen

De Vossmann
Een Määrken op Platt

För Lara

© 2025 Swen Moritzen

„Verlag: BoD · Books on Demand GmbH, In de Tarpen 42,

22848 Norderstedt, bod@bod.de"

„Druck: Libri Plureos GmbH, Friedensallee 273,

22763 Hamburg"

ISBN: 978-3-7693-5825-4

Swen Moritzen is in Slesvig-Holtsteen groot worrn.
Vun lütt an harr he bannig geern Määrken vörleest kreegen (Afsünners de Määrkens ut Skandinavien un de plattdüütschen Wisser-Määrkens hett he nienich noog vun kregen kunnt.)
Hüütigendaag vertellt he sülm geern Määrkens un Geschichten.
He leevt mit sien Fruu, veer Kinners in Ostholtsteen.

Wiedere Bööker:
Bahnstieg Blaa ISBN 9783734790560

Een Bus vull Hexen ISBN 9783741239939

De Mann ut'n Schattenriek ISBN 9783755756705

Gah fang mi een Draaken ISBN 9783751922821

Kapittel 1

Do weer 'n Grafen west, de harr dree Döchter hatt

Do weer 'n Grafen west, den weer vun sien Riekdom nich mehr nahbleben as 'n oolt Slott, een groote Woold un twee Weetenkoppeln.

Dat geev avers twee Dinge, op de he bannig stoolt weer. Dat een weer sien oolde Titel un dat anner weern sien dree Döchter. De öllste Dochter Katharina, harr lange pickenswarte Hoor, de ehr bet to'n Achtersten hendaalgüngen. Se weer rank un slank un bi't Dansen so fien un elegant, dat sik de Grafensöhns op'n Ball üm se fechten deen.

Maria, de tweete Dochter, harr flasswitte Hoor. Wenn se süng, weern de Jungkeerls sowat vun hen un weg, dat Maria se sachs an'n Gängelband mitnehmen kunn.

Keen Wunner, dat de Grafendöchter op jedeen Ball de Königinnen weern.

De jüngste Dochter, Lovisa, geev nich so veel her: Se weer veel lütter. Reinweg nix an ehr weer afsünners. Wat dat singen angüng, kunn se nich mit Maria mithollen. Un bi't dansen keem se sik blangen den Söstern as'n lahme Aant för. De meiste Tiet dee se in ehr Taarnstuuv op'e Finsterbank sitten un för Katharina un Maria ni'e Ballkleeder neihn.

Uk hüüt schull dat wedder op een Ball gahn. Den heelen Dag lang harr Katharina ehr in'e Uhrn leggen, wat se dat Kleed nich 'n beten flotter maken kunn? Lovisa weer graad mit de tweentigsten Siedenslööf togang, as de Döör oprieten worr un Katharina in'n Korsett in'e Stuuv rinstörm.

„Lovising, wo wiet büst du? In'e halven Stünn mutt ik farrig sien."

„Momang!", reep Lovisa un kraam hastig in'n Neihkasten na de Scheer. Kunn se avers nich finnen.

„Denn eben anners.", brumm se un biet den Faden mit de Tähn dör.

„Farrig! De letzte Slööf is dran!" Tofreden wisch se sik een Hoorsträhn ut'n Gesicht un heel mit utstreeken Arms dat Kleed hoog.

„Na? Wo finnst du dat?"

„Schöön." Mit'n flüchtigen Blick riet Katharina ehr dat Kleed ut'e Hänn. „Kannst du so goot wesen un mi bi't Ankleeden helpen? Avers toeers muttst du noch mien Hoor inpudern." Lovisa nicköpp un güng mit ehr mit.

„Sösterhart, wenn du al daarbi büst, kannst du mi uk
glieks to Hand gahn?", reep ut'n anner Stuuv Maria.
„Ik mutt blots Katharina de Hoor pudern!", reep Lovisa
un iel mit de öllsten Söster to'n Speegeldisch. Hastig
smeet se Katharina een lütten Ümhang över un drück
ehr een Schutzmaske in'e Hand. Denn greep se na de
Puderdoos un strei dat witte Pulver över de hoogsteekte
Frisuur.
„Lovisa, wolang duurt dat?" Maria stünn in'e Döör un
drummel mit de Finger gegen den Döörahmen. „Wenn
ik 'n Snuppen krieg, büst du Schuld!"
„Ik bün glieks ...", wieder keem Lovisa nich, denn jüst
in dissen Ogenblick füll ehr de lütte Doos ut'e Hand.
Mit'n luuten Opschrie jöög Katharina vun'n Stohl hoog
un schüddel sik dat Pulver ut'e Hoor. „Kannst du nich
oppassen?"
Maria pruusch loos un möök sik för Hoög binah natt.
„Wat'n Glück, dat ik mit mien Frisuur al trecht bün,
süss wörr ik sachs uk so utsehn, as harr mi 'n
Möllerjung küsst."
Katharina smeet ehr een bösen Blick to un leet sik
wedder op'n Stohl fallen. As se in den Speegel seeg,
kreeg se dat Blarrn. „Oh nee! Ik seeg je ut as so'n
Vagelschreck in Winter! Mit dissen kassbeerrooden
Ogen kann ik mi nich op'n Ball sehn laaten!"
Mit hoogrooden Kopp greep Lovisa na de Kleederböst
un wisch Katharina dat witte Pulver vun Schuller un
Rügg af. „Dat krieg ik wedder hin!", nöel se mit bevern
Stimm.

„Dat will ik för di hopen. Wenn ik nich op'n Ball kann, warr ik di dat mien Leevdaag nich vergeeten.", brumm Katharina un wisch sik mit'n lütten Siedendook över de traanigen Ogen.

„Sösterhart, du deist ja, as wenn dat üm Leben un Doot geiht!", misch sik Maria in un grien vun een Uhr to'n annern.

„Wat is, wenn ik graad op dissen Ball mien Hartensprinzen bemööt?"

„Denn warr ik em nehmen un allns blifft in'e Familie.", anter Maria dröög.

„In ik schall denn as'n eensame oolde Jümfer ennen!"

„Du hest je Lovisa bi di. Uns lütte Putzbüdel geiht je uk ni mehr as teihn Schreed för de Huusdöör."

„Dat is je gaarnich wohr.", anter Lovisa mit hoogroden Kopp un feeg den Footborrn mit mehr Swung, as se eegens vörharr. „Ik bün uk in'n Karkdörp un in'n Woold ünnerwegens." To ehrn gröttsten Arger füngen beide Söstern to lachen an.

„Een Welt, de nich grötter is as'n Aantendiek un na Mess stinkt!", gludder Maria. De Hänn keisch in'e Siet un mit'n licht scheeven Kopp stell se sik för Lovisa op.

„Melkdeerns un Buurnknechten sünd je nich graad de passen Ümgang för unsen Stand."

„Un wenn uk?" Den Bessen mit beiden Hänn för sik un den Kopp in'n Nack keek Lovisa to de gröttern Söster hoog. „Tominns taakelt se sik nich so op as'n Pargeluun un bombadeert een mit Honnigkookenwörr un fienen

Gebeerden." Maria smeet Katharina een flüchtigen Siedenblick to un grien.

„Daarför snackt se wat de Koh al kalvt un de letzte Regen de Aarnt verhagelt hett. Wenn di dat mehr toseggt as Kunst un Musik, denn warr daarmit vunmienswegen glücklich. Avers een passen Eddelmann oder Prinzen warrst du so nienich bemööten."

„Sachs will ik dat je uk gaarnich!" Mit vörschuben Kinn seeg Lovisa Maria graadut in'e Ogen.

„Laat dat blots nich Papa höörn." Katharina stünn vun'n Toilettendisch op. „Nu muttst du mi avers würklich bi't ankleeden helpen, ik will nämlich nich op dissen oolden Slott vergammeln."

Opleefst harr Lovisa den beiden den Bessen för de Fööt smieten. Avers jichtenswat in ehr see, dat se to'n Deel recht harrn. Mit'n liesen süüchen stell se den Bessen in'e Eck.

Bi't antrecken deen de öllern Söstern ievrig vun snacken, wekke Eddeljung oder wat uk de Königssöhn op'n Ball weer. Uk güng de Fraag rüm, in wat för'n Kleed oder Frisuur wul de Eddeljümfer vun sounso ditmaal Ballkönigin warrn will? Lovisa güng dat allns an'n Moors vörbi. As'n mechansche Popp trock se den beiden de langen sieden Strümp an un haak de Ballkleeder to. Mit ehrn Gedanken weer se avers wiet weg.

„Deern, wo büst du blots wedder mit dien Sinnen?" Bumbats keek Lovisa op. Katharina seeg se wat veniensch an. „Kiek nich so as'n dösig Halligschaap un segg wat!"

Maria gludder ut vullen Hals: „Wiss hett se an ehrn Leefsten dacht."

„Dummsnack." Lovisa steek sik to ehr eegen Arger rood an.

„Ik heff fraagt, wat ik de Uhringe mit den Parlen oder de mit de Asursteen nehmen schall?" Katharina worr miteens ganz iernst: „Woso kümmst du nich eenmaal mit?" Man Lovisa schüttköpp. „Och, wat schall ik daar. Ik bliev hier un haal mi ut Vadder sien Böökeri een Book."

„As du wullt.", Katharina keek op de Uhrringe. „Ik warr de Parlen nehmen." Se steek se sik an'e Uhrn, hüng sik den Reiseümhang üm un schreed ut'e Stuuv. Maria güng ehr achterna. Bi de Döör dreih se sik üm: „Mit'n Leevdsromaan kriegt man avers keen Mann." As Lovisa sik op't ni'e rood anstick, verswünn Maria mit'n Lachen in'e Deel.

Lovisa keek wat bedrippst ut'e Wäsch. „Op so'n dösigen Ball finn ik uk keen rechten Keerl för't Leben.", brumm se un güng den beiden Söstern sachen achterher.

As Lovisa bi de grooten Ingangsdör ankeem, kunn se graad noch sehn, wodennig de Beiden in de praat stahn Kutsch insteegen un denn dör de groote Kastangallee wegföhrn. As de Kutsch ut'e Sicht weer, güng se wedder in dat Slott un stüür de Böökeri an.

Hier fünn se ehrn Vadder. Den Knieper op de Hakennees un wat vörnöverböögt, seet he in een hoogen Uhrnsessel un lees. Wenn man vun de Mahltieden affseeg, verbröch he de meiste Tied in'e Böökeri.

Lovisa güng glieks op dat Boord mit den Aventüürn un Leevdsromaans to.

„Sünd se affohrn?", fröög ehr Vadder, ahn vun sien Book optosehn.

„Mmm.", nöel Lovisa un kreeg een Book mit den Titel: „De Steenprinz" to Hand. Se wull graad to Döör rut, as ehr Vadder unvermood opkeek: „Woso deist du ni mitföhrn?"

„Och, wat schall ik daar. All disse Sirupsprinzen sünd nix för mi."

„Verleden Johr is dat avers noch ganz anners west. Do hest du mi stännig mit in'e Uhrn leggen, wat du endlich oolt noog büst un mit dörfst."

„Do heff ik je uk nich weeten, wo dat op so'n Ball togeiht.", anter Lovisa gau. De Graaf nehm den Knieper af. „Soo is dat.", see he langtöögsch. Mit sien blaagriesen Ogen seeg he se nahdenkern an.

Lovisa spöör, dat se kort daarför weer un sik wedder rood anstick. „De dore Ringelpietsch is nix för mi. Dat is allns verdaan Tied." Dat Book fast an'n Bossen drückt, dreih se sik na de Döör üm un güng rut.

In ehr Taarnkamer ankamen, baller se de Döör to, güng glieks op de Finsterbank hensitten un leeg dat Book op'n Schoot. To'n leesen keem se avers nich. Se müss

an ehrn eersten Ballbesöök för een Johr denken. To'n
söbenteihnten Burdsdag harr Vadder endlich nahgeben.
Vull Vörfreid weer se glieks bigahn un harr sik mit veel
Leef een wunnerschöön Danskleed maakt. As de groote
Dag keem, harr Maria ehr bi holpen, de böös kruusen
Hoor to een ansehn Frisuur hoog to steeken. De heele
Kutschfohrt över harr Lovisa dat Geföhl, as wörr se
mit'n barften Moors op so'n Migelreemhupen sitten.
De beiden Söstern harrn sik ümmer wedder verstahlen
Blicke tosmieten un grient. In'n Danssaal güng dat to as
in so'n Immenrump. De Luff weer dör de Tallilichten
un de Masse Minschen bruddig warm un stickig. All de
prächtig optakelten Lüüd mit ehrn witten Perücken
weern an't snacken un lachen. Se stünn twischen den
grooten Söstern un doch keem se sik böös verluurn för.
As de Muskanten denn opspeelen, keemen vun allen
Sieden Mannslüüd op de dree jungen Daams tolopen.
Lovisa güng dat glieks op, dat de Grund för dissen
Anstorm Katharina un Maria un nich se weer. Mit
hoogrooden Kopp stünn se daar un keek bi to, wat för'n
Pühei all de Keerls anstellen deen, üm mit den Söstern
to dansen. Eers as se sik een Partner utwählt harrn,
keem een Mann op Lovisa to.
Bi't Dansen stell Lovisa fast, wo schöön un elegant
Katharina sik dreih un uk Maria weer na ehr mit afstand
de beste Dänssersch vun all den Daams in'n Saal. Se
sülm keem sik as'n lahme Aant för.
As de eerste Dans toenn weer, nehm se sik 'n Glaas
Wien un stell sik in een Eck. Hier kunn se in heele

Rauh kieken. Lovisa güng dat op, dat ehre beiden Söstern den heelen Abend över de Ballköniginnen weern.

„So warr ik nienich sien." Mit'n deepen Süüch slöög se dat Book op un füng to leesen an.

Kapittel 2
De Vossmann

„Lovisa kumm op! Ik mutt di wat vertelln!"
Lovisa wisch sik de kruusen Hoor ut'n Gesicht. Blangen dat Bett stünn Katharina mit'n Tallilicht in'e Hand. De Söster harr noch den Reiseümhang över. „Hüüt is mien Glücksdag!"
„Soo?" Lovisa kunn sik knapp dat Hojahnen verkniepen.
„Ik heff mit den jungen Grafen vun Elkgaard danst." Mit glinstern Ogen seeg Katharina Lovisa freidig an. Man disse wüss nich so recht, wat denn daarbi so afsünnerlich weer.
„Na un?"
„Och Lovisa, wees nich so dösig!", bruus Katharina basch op.
„Sien Vadder is op'n Königshoff de eerste Minister! Babento süht de junge Ellkgaard to'n anbieten sööt ut!

Un dansen kann de Keerl! Ik heff ümmernoch botterweeke Been.", süüch se un keek mit dröömigen Ogen för sik hen. Eegens seeg Katharina all ehre Ballpartner ümmers vun baben raff an. De een weer ehr to spiddelig, de anner een afbraaken Dwarg un strohdumm weern se alltohoop. Un nu? Lovisa kenn ehre Söster nich mehr wedder.

„Di hett dat je böös erwischt.", anter se dröög. Man, Katharina höör blots half to.

„Ik mutt em weddersehn, süss vergah ik!", basch stell Katharina dat Tallilicht op den lütten Nachtdisch un greep na Lovisas Hänn. „Lovisa du mutts mi raaden. Wodennig kreeg ik em blots hierher?" Mit apen Mund seeg Lovisa de Söster an. Denn leeg se de Bless in kruuse Folen un dach na.

„Soveel ik weet, sünd de Elkgaards groote Jägerslüüd. Woso deist du Vadder nich üm bidden, dat he de beiden to een Jaagd inlaaden deit?"

„Du büst een Schatt, wat wörr ik ahn di maaken!" Vörstörm ümarm Katharina ehre Söster. Denn stünn se op un leep mit dat Lücht ut'e Stuuv.

Lovisa leet sik wedder in dat Küssen fallen un stier in'e Biesternis.

*

Lovisa un Maria weern mit dat Frukkost al lang farrig, avers de öllste Söster harr sik ümmernoch nich blicken

laaten. Maria ruusch op ehrn Stohl hen un her un schuul
ümmer wedder na de groote Huusklock.

„Segg maal, Lovisa, wat is blots mit Katharina loos?",
fröög se.

„Woso?" Lovisa nipp an ehr Koffiköppen un keek
daarbi ut dat apen Finster in den Gaarn.

„Na süss is se ümmers bi Disch de eerste, un nu?"

„Sachs slöppt se hüüt 'n beten länger."

„Ik weet, wo de Haas löppt. Un du weest dat liekers."
Maria schoov den Töller vun sik un smeet de Söster een
veelsagen Blick to. Lovisa wiek ehr ut un schenk sik
sinnig Koffi in.

„Siet den letzten Ball kümmt se kuum ut'e Stuuv herut
un wenn man se to faaten kriegt un se wat fraagen deit,
is se mit den Gedanken wiet weg."

„Na, wenn du dat al weeten deist, woso fraagst du mi
noch.", gludder Lovisa.

„Dat will ik di seggen, wenn ik mi in een Keerl verkiek,
warr ik mi nich so dösig behrn.", anter Maria mit
Nahdruck.

-Dat warrt wi sehn- see Lovisa sik in'n Stillen un keek
wedder na buten.

Jüst in dissen Ogenblick worr de Döör oprieten, un
Katharina keem in den Spiessaal rinstörmt.

„Wenn man vun'n Düvel snackt, is he nich wiet." Mit'n
breeden Grienen nick Maria Lovisa to.

Katharina stüür de jüngste Söster an un ümarm disse.

„Vadder hett worraftig de Elkgaards inladen!"

Lovisa lächel torüch. So harr se Katharina noch ni beleevt. Eegens weer se ümmers de schööne, avers 'n beten stieve Grafendochter. Een Iesprinzessin. Nu avers strahl se över dat heele Gesicht. Dat leet, as wull se för Glück de halve Welt ümarmen.

Denn weer miteens dat Glinstern in ehrn Ogen verswunnen. As harr sik een pickenswarte Regenwulk för de Sünn vörschuben, stier se düüster för sik hen.

„Oh nee! Ik heff je för so'n Besöök gaarnix to'n antrecken. "

„Denn warrst du de Gäss in een vun dien tweentig annern Kleedern begröten.", see Maria dröög. De Hänn in'e Siet un mit'n Blick, de Rotten bang maaken kunn, buu sik Katharina för ehr op.

„Ik warr di noch sehn, wodennig du för Leevde keen eentig Woort rutkriegen deist!"

Mit'n vörschuben Kinn seeg Maria driest torüch. Lovisa wüss, dat se nu hanneln müss.

„Ik kann di ja wat neihn.", slöög se gau för.

„Wat wörr ik blots ahn di maaken!" Swupps dreih sik Katharina vun Maria weg un güng wedder op Lovisa to.

„Kumm mit. Wi beid mööt Vadder to kriegen, dat ik mi een poor ni'e Stoffe köpen kann." Bevör Lovisa antern kunn, harr Katharina se bi de Hänn griepen un mit sik ut'e Spiesstuuv tehrt.

*

„Lovisa, wo lang duurt dat noch? Morgen is dat sowiet!", weer Katharina al vun Gang ut to höörn.

„Momang!", reep Lovisa un biet den Faden af, do se weddermaal de Scheer nich finnen kunn.

As Katharina dat Jagdkleed ut grööne Sied seeg, juuch se kort op un heel dat Kleed för sik.

„Lovisa, dat is beto dien beste Stück!" As wull se 'n lästige Smeetfleeg wegpüüstern, wünk Lovisa af.

„Kannst du dat glieks anprobeern?"

„Nix leever as dat!", tirileer Katharina un trippel na'n Gang. Een Ogenblick laater steek se avers den Kopp wedder in'e Stuuv. „Övrigens, Vadder will di spreeken."

„Ik kaam." Mit'n liesen Süüchen leeg Lovisa dat Neihtüüg to Siet un möök sik op'n Weg na de Böökeri. In den Gängen vun dat oolde Slott güng to as in so'n Immenrump. Överall un allerwegens weern de Deenstlüüd ievrig an't arbeiden.

As Lovisa för de Böökeri stünn, weer de Döör nich ganz to. Se wull graad ringahn, as se binnen de deepe Stimm vun den Verwalter höör:

„Herr Graaf. Leeder is de Pacht vun unsen Buurn för den letzten Ball verbruukt worrn."

„Un wo süht dat mit de Aarnt ut?"

„Wenn dat Wedder nich ümsleit, künnt se mit den Weeten in eenigen Wekken de meisten Schulden afbetahlen." Lovisa kunn ehrn Vadder süüchen höörn.

„Giff Gott, dat allns so kümmt. Süss mutt ik dat hier uk noch verköpen."

Denn weern de Stevel vun den Verwalter to höörn.

Gau dee sik Lovisa achter een groote Vaas versteeken. Eers as de Verwalter in'n Gang verswunnen weer, klopp se an'e Döör un güng rin.

„Ach du büst dat!", reep de Graaf un slutt gau den Wandschapp to, wo sik de Familiensmuck befünn.

„Du hest mi roopen laaten, Vadder?"

„As du weest, kriegt wi morgen hogen Besöök. Kannst du so goot wesen un een Oog op smieten, dat in't Huus allns för uns Gäss tiedig farrig warrt?" Lovisa schuul wat verstahlen na de Böökerwand. Eegens harr se sik na all de Neiharbeid mit een schöönen Leevdsromaan belohnen wullt. Nu luur een Barg Arbeid op se. Mit tosamenkniepen Mund nick se. „Dat kann ik maaken."

De Graaf seeg sien Dochter blied an. „Siet dien Mudder dootbleben is, büst du de eentige vun uns, de mit de Lüüd un de Huuswirtschopp ümgahn kann."

Lovisa wünk af. Man ehr Vadder klopp ehr sachen op'e Schuller.

„Ik warr in'e Twischen tosehn, dat allns för de Jaagd praat is." Daarmit güng he ut'e Böökeri. Vull Lengen seeg Lovisa na de Bööker. Denn geev se sik 'n Ruck un güng liekers rut.

Den verbleben Dag weer Lovisa in'n heelen Huus ünnerwegens. Toeers güng se na de Slottköök. Tosamen mit de Kööksch un de Kökendeern güng se na de Spieskamer un güng den Spiesplaan dör.

Mit den verbleben twee Kamermätens iel se na de Gästestuben. Hier worrn de Finster wiet oprieten. Wiltdes de Mäten de Teppiche un dat Beddtüüch to'n utklopen na buten op'n Hoff sleepen, güng Lovisa sülm bi, den Footborrn to feudeln.

De oolde Huusdeener Hans müss wiltdes sik'n Ledder ünner'n Arm klemmen un tosamen mit een Knech all de Kristallüüster afstöven.

Toletz güng Lovisa den Kamermätens to Hand, dat Tafelsülver to poleern.

To'n Abend weer se so fix un farrig, dat se na ehr Taarnstuuv slarr. So as se weer, schietig un antrocken, leet se sik as'n Mehlsack in dat Bedd fallen un weer glieks wegdrusselt.

*

„Ik bün sowat vun jiddelig. Ik heff de heele Nacht keen Oog tokregen!", begrööt Katharina de Söstern bi'n Frukkostdisch in ehrn ni'en Jaagdkleed.

„Ik uk nich!", brumm Maria un schuul na Lovisa röver. De röhr wat verluurn in ehr Koffiköppen.

„Eegens harr se je mit di snacken wullt. Leeder hett se di nich waak kregen un do hett se mi denn de halve Nacht de Uhrn vulldröönt, wo smuck doch de junge Herr vun Elkgaard is.", suuster se un stipp sik een Höörnchen in den Koffi. Katharina smeet Maria een Blick to, de Rotten bang maaken kunn. Denn seet se sik blangen den Söstern an den Disch un wenn se sik an Lovisa.

„Weest du, dat ik di bewunner?"

„Woso?" Mit deepen Ogenringen keek Lovisa verdattert op.

„Du hest echt de Rauh weg. Ik seh na disse Nacht wiss greesig ut. Wiss warr ik den heelen Dag för Opregen keen Bieten rünnerkriegen.", see se un klopp mit'n Löpel de Püll vun dat Morgenei op.

„Dat süht man.", gnüffel Maria un plier to Lovisa röver. Man, de harr gaarnich tohöört. Druusig keek se ut dat apen Finster in den Gaarn.

Noch för Dau un Dag harr se sik ut'n Bedd quält un tosamen mit de Deenstlüüd in't Huus un buten op'n Hoff de letzte Arbeid för den Besöök maakt. Opleefste wörr se nu ünner een Fleederboom sittengahn un den Romaan vun den Steenprinz leesen. (Wat he wull endlich op sien wiede Reis dör de Welt de passen Fruu fünn?)

Wieder keem se mit ehrn Gedanken nich, denn jüst in dissen Ogenblick keem de Graaf mit wittpuderten Hoor, een gröönen Rock un in kneehoogen Stülpsteveln rinstevelt. As de Koh de roodanstreeken Schüünwand deen se em anstiern. Eegens leep he den heelen Dag lang mit apen Hoor un in'n Morgenrock rüm.

„So fröh an'n Morgen un nich in'e Böökeri? Ik verstah de Welt nich mehr!", reep Maria verwunnert.

„Dat heff ik geern. Will denn keen vun mien Döchter ehrn oolen Vadder begrööten?" Katharina schüff den Stohl weg un leep em in sien wiet utstreeken Arms.

„So smuck heff ik di al lang nich mehr sehn."

„In'n neegsten Ogenblick staht je uk hooge Besöök in't Huus, un du büst daar nich ganz unschüllig.", gnüffel de Ool un geev sien Dochter een Söten op'e Wang. Denn beseeg he se sik nau an.

„Du sühst in dien ni'en Kleed afsünners smuck ut!"

„Finnst du dat?", fröög Katharina blied un dreih sik för em swungvull hen un her.

„Wenn Katharina daarmit den Keerl nich vullkamen den Kopp verkielt, denn weet ik uk nich mehr.", smeet Maria spitz daarmank.

Katharina wull graad gegenan gahn, as 'n Kamderdeern in den Saal ielt keem:

„Gnädige Herr, de Besöök is graad op'n Hoff fohrn."

„Naa, denn wüllt wi maal!" De Graaf haak sik to sien rechten Katharina ünner. Mit den linken Arm wünk he Maria to sik. Denn stüür he mit den beiden de Döör an. Bi'n Süll dreih he sik na de jüngsten Dochter üm.

„Lovisa, wees so goot un haal doch bidde för unse Gäss den Willkamensdrunk?" Lovisa nicköpp un güng na de Slottköök.

As se mit 'n sülvern Tablett in de Ingangshall keem, dee ehr Vadder de Gäss al op'e Slotttripp begrööten. „Vun Harten willkamen!"

„Wi hebbt to danken.", anter een steevig Mann mit'n Stimm, de man mit'n grooten deepen Klock verglieken kunn. Gau drück Lovisa Katharina dat Tablett in'e Hand. Heel verdattert seeg disse se an. „Maak du dat.", swiester Lovisa ehr liesen in't Uhr.

Mit rooden Wangen schreed Katharina op de beiden Mannslüüd to. „Müch de eerste Minister so goot wesen, un dissen Drunk annehmen?"

„Den eersten Minister künnt se sachs weglaaten.", anter de öllere Mann un nehm mit'n gnädigen Nicken een Glaas vun dat Tablett. Lovisa harr sik in'e Twischen wat afsiets opstellt un keek sik den Besöök nauer an.

De eerste Minister weer nich sünnerlich ansehn. Allns an em weer mastig. In'n Gesicht harr he twee groote Hängebacken. Sien Wesen na weer allns an em langsaam un behäbig. Blots de griesegraaen Ogen ünner den buschigen Ogenbruuen, harrn wat vun een Adler an sik. Gau güng sien Blick vun Katharina na Lovisas Vadder un denn na ehr röver. De junge Mann blangen em weer nau dat Gegendeel. He weer hoogschaaten un rank un slank, as'n junge Eschenboom. As Lovisa em nauer beseeg, wüss se fuurts, woso sik ehre Söster in em verkiekt harr. Sien pickenswarten Hoor weern to een eleganten Zopp flecht. He harr hellblaae lüchen Ogen un sien Lächeln, as he sik 'n Glaas vun dat Tablett nehm, weer fründlich un sogaar 'n beten schuu.

„Wenn se nix gegen hebbt, kann dat glieks mit de Jaagd loosgahn. De Drievers un Hunnen sünd al praat.", wenn sik de Graaf an den eersten Minister.

Disse nicköpp mit'n smaalen Lächeln. „Daar sünd wi je för kaamen. Nich wohr Erik?" Man, de stünn pahlstiev daar un kunn de Ogen nich vun Katharina laaten. Eers as de eerste Minister sien Söhn 'n beten in'e Siet knüff, schraak he as ut'n Droom hoog

„Naa, denn is je nix in'e Wegen!", see de Graaf oprüümt un föhr sien Besöök de Slottripp hendaal. He wull graad bigahn un de lütte Sellschopp na'n Wirtschoppshoff föhrn, as em Lovisa sachen an sien Armmau trock.

„Vadder, dörf ik hier bleben?" De Graaf keek se verwunnert an. „Du wullt nich mit?"

„Junge Daam.", misch sik miteens de Minister in. „Dat gifft nix, wat de Sinne mehr opfrischt as dat Opspöörn vun Wild in't Holt." Bevör Lovisa daar op antern kunn, worr se uk vun den Söstern bedrängt.

„Du muttst mitkaamen. Dat büst du unsen Gäss schullig!", reed Katharina hastig op se in un Maria nicköpp mit'n eernsthaftig Mien.

Lovisa seeg ehrn Vadder in'e Ogen. „Vadder, du weest doch, dat de Jaagd nich mien Ding is. Övrigens mutt je een vun uns tohuus bleben un een Oog op hebben, dat laater för dat Festeeten allns trecht is." De oolde Graaf seeg se sweegsaam an. Lovisa wüss nich woso, avers dat leet so, as harr he miteens natte Ogen. Sachen nick he. Denn wenn he sik vun ehr af un föhr de annern na'n Wirtschoppshoff, wo de Jaadgmeister mit de Drievers un Hunnen al tööf.

Lovisa süüch deep un güng in't Slott.

Wenn man vun't Böökerleesen afseeg, geev dat för se eegens nix schööneret, as alleen dör'n Woold mank de ruusen Bööm to strömern un de Vageln singen to höörn.

Avers dat dootscheeten vun Deerten weer ehr vun lütt an toweddern.

Togliek harr se een slecht Geweeten, denn för dat Festeeten weer allns al lang farrig! Ut dissen Grund güng se toeers na Köök un snack mit de Kööksch een poor fründliche Wöör. Denn iel se na ehr Taarnstuuv. Se riet dat Finster op, seet sik op'e Finsterbank un greep to'n Book.

De Prinz in ehrn Romaan weer endlich in een grooten Woold kamen, wo he sien Leefste bi een Beek bemööt. In'e körtesten Tiet harr Lovisa allns rundüm vergeeten.

Se worr nich den grooten Larm, de vun'n Hoff to'n apen Finster drung, gewohr. Se höör uk nich de hastigen Schreed buten op'n Gang. Eers, as an'e Döör kloppt worr, keek Lovisa verfehrt op.

„Junge Herrin, een groot Unglück is över uns kaamen!" De Huuv scheef un een Blick, as harr se 'n Spöök sehn, stünn Trina, de jüngere vun den beiden Kamerdeerns in'e Stuuv.

Lovisa sack dat Hart in'e Büx. „Hett dat 'n Unfall geben?"

„Noch is keen to doot kaamen.", achel de Deern un bearbeid de Schört mit beide Hänn. „Avers dat kann sachs noch allns warrn!"

„Wo meenst du dat?" Lovisa leeg dat Book op'e Bank un stünn op.

„Wenn een sik den Düvel ut'n Woold mitbringen deit, is de Doot nich wiet." Wieder keem Trina nich, se bever an'n heelen Lief un dee sik bekrüüzen. Lovisa güng op de Kamerdeern to un faat se sachen bi de Schullern:

„Wat hebbt se ut'n Woold mitbröcht?" Trina keek mit wiet oprieten Ogen ehre junge Herrin an un haal deep Luuf. „Se sünd in'n Woold een mannsgroot Wesen bemööt, dat wedder Minsch noch Deert is." Toeers dach Lovisa, dat se sik verhöört harr. „Trina du tüünst.", see se unglöövsch. De Kamerdeern schüttköpp so dull, dat ehr de Huuv vun'n Kopp füll. „Dat is de reine Wohrheet! Wenn se mi nich glöben wüllt, so kaamt se mit mi op'n Hoff!" Trina greep na ehre Hand un tehr se mit sik ut'e Taarnstuuv. De Kamerdeern leep so dull dör'n Gang, dat Lovisa binah henfüll.

„Hans harr den Herrn beeden, he schall den Paster haalen. Avers uns Herr un de hooge Besöök hebbt blots lacht.", bruus dat ut Trina rut, as se mit ehr de Tripp hendaaltrippel.

In'e grooten Ingangshall stünn dat heele Deenstvolk: De oolde Deener Hans, de Kööksch mit de Köökendeern, de Knech un de tweete Kamerdeern. Alltohoop weern se böös an't snacken. As se Lovisa gewahr worrn, keemen all op se to lopen un deen wild op se inreeden.

Lovisa keem sik för as in een Immenrump, so dröhn dat ehr in'e Uhrn. Se kunn keen Woort verstahn un in den Gesichten seeg se dat reine Greesen. To'n Glück bröch de oolde Deener de annern to'n sweegen.

„Junge Herrin, de gnädige Herr mutt dat Wesen free laaten, süss gifft dat för all een groot Unglück!", see he mit bevern Stimm.

„Leeve Lüüd, allns warrt goot.", sachen keek Lovisa in'e Runn. „Ik warr mit mien Vadder spreeken. Ik bidd juu, west so goot un gaht an juun Arbeid." Se schoov sik na de groote Döör hendör un güng mit Trina de Slottripp hendaal.

Op'n Wirtschoppshoff weer ehr Vadder, de eerste Minister mit den Verwalter un den Drieverslüüd ievrig an't snacken.

De beiden Söstern stünnen mit den jungen vun Elkgaard 'n beten betaf bi den grooten Steensoot.

Lovisa weer noch teihn Schreed vun ehr af, as Maria uk al loos leeg: „Du glöövst je nich, wat wi op'e Jaagd fangen hebbt!"

„De Lüüd seggt, ji hebbt den Düvel fangen."

„Ach, dat dösige Volk!" Maria wünk mit de Hand af un lach. Denn schuul se na de Koppel Lüüd de bi den Grafen stünnen.

„Den Düvel nich, avers een Beest.", see se mit Swiesterstimm.

„Hett he ju angriepen?", haak Lovisa na. Maria schüttköpp. „Mi nich. Ik heff an een anner Steed stahn. Avers Katharina." As Katharina Lovisas bangen Blick seeg, lächel se.

„Toeers heff ik dacht, dat de Hunn mi een Voß todrieben hebbt. As dat Beest denn bats dör't Kratt brackert keem, heff ik för Angst de Flint fallen laaten."

„Un denn?", stammer Lovisa un spöör 'n dicken Klüten in'n Hals.

„Denn is Erik kaamen!" Katharina strahl över't heele Gesicht un dreih sik to em üm. „Bevör dat Beest op mi daalgahn kunn, hett he sik för mi stellt un schaaten."
„Dat is nix besünners west.", anter de mit hoogrooden Kopp.
„Dat seh ik anners!", see Maria vull Anerkennen. „Se hebbt as eentige vun uns nich den Kopp verluurn. Un nu hebbt se dat in dat oole Gefängnis insparrt. Wenn du wullt, kannst du di dat je ankieken." Daarbi wies se na'n Rundtaarn. „Vadder un de Herr vun Elkgaard snacken nu, wat ut dat Beest warrn schall."
„Dat dröppt sik goot. Ik mutt mit Vadder spreeken."
„Ik gah nich mit!", stammer Trina, de sik beto musenstill an Lovisas Arm fastklamert harr.
„Du kannst hier bleben.", see Lovia fründlich un stüür den Rundtaarn an.
„Jümfer Lovisa. Wüllt se sik uk dat Beest ansehn?", begrööt se een öllerige Knecht, den man hier as Wachpossen opstellt harr. Lovisa nick em schuu to un keek dör dat mit iesern Trallen beslaan Finster.
Op een Strohlager huuk een mannsgroote Wesen, dat an heelen Lief bever. Vun Kopp be to de Föten harr dat een vossfarven Fell un achtern een buschigen Steert. Wenn man vun de veelen Hoor in sien Gesicht afseeg, weer dat een junge Mann. Lovisa seeg, dat he sogaar an den Uhrn Fell harr.
Dat Wesen heel sik dat rechte Been, ut dat Bloot drüppel. Lovisa fünn em gaarnich böösaarig. Eegens dee he ehr leed. Sachen keek de Vossmann op. Twee

blaae Ogen deen se ansehn un Lovisa keek torüch. Sien Blick dee se bet in dat Binnerste drapen un se spöör een lütten Stich in ehrn Bossen. Se wüss nich woso, avers se spöör keen Angs.

„Lovisa, hier büst du!" As ut'n deepen Slaap schraak se hoog un dreih sik hastig üm. För ehr stünn ehr Vadder un de eerste Minister.

„Ik heff mi al fraagt, wannehr du hier opdükerst.", see de oolde Graaf.

„Naa, wat seggt dat Fröllein to unse Büüt?", de eerste Minister keek sülmtofreden.

Lovisa nick em schuu to. „Vadder, wat hebbt ji mit em för?"

„Ik heff em den Herrn vun Elkgaard schenkt, do sien Söhn Katharina rett hett."

„Ik warr dat Beest den König för sien Deergaarn schenken. Do kann em alle Welt bewunnern oder he kann em sik för sien Kunstkamer utstoppen laaten.", anter de eerste Minister.

„Un nu laat uns eeten gahn. Mi düch, de annern künnt na dissen Schreck wiss wat verdregen." Ehr Vadder höll ehr den Arm hen. Mit'n dicken Klüten in'n Hals haak se sik bi em ünner.

Kapittel 3
Wo Lovisa dat Schicksaal een lange Nees dreiht

De halve Nacht leeg Lovisa in ehr Bedd un stier in't Düüster. Ümmer wedder müss se an den Vossmann denken, de mit een wehen Been in so'n snauelig Lock huuk un nich wüss, wat op em luur. För eenige Lüüd weer he de Düvel, den man dootscheeten oder wegjagen mutt. För de annern weer he een willet Beest, dat man insparrn oder utstoppen schall.

Lovisa kunn de blaaen, hellen Ogen nich vergeeten. Fründlich un gaarnich böösaarig weern se west. Wedder spöör se in ehrn Bossen een Stich. Miteens wüss se, wat se doon müss!

Gau smeet se sik över dat Nachthemp een Ümhang röver. Op Strümp sliek se ut'e Stuuv un denn den Gang henlank. Bi jede Eck bleev se stahn. Dat leet, as leeg dat heele Slott in'n deepen Slaap. Uk de Hoff leeg eensaam un verlaaten daar un de Maand wies ehr den Weg na'n Rundtaarn.

To'n Glück leeg de Wachpossen an'e Wand lehnt un snurk. Lovisa güng för em in'e Huuk un heel de Nees an den grooten Kruuk, de blangen em stünn. De Rüük vun Brammwien bröch se to'n smüüstern. „Na, de warrt nich för Meddag waak." Se sleek sik na de Döör un schoov den Slutt na de Siet.

As se den eersten Foot över'n Süll harr, wull de anner Foot miteens nich mit. Een groote Angst steeg in ehr op un se bever as Eschenloov.

„Nu tehr di nich so. Wat mutt, dat mutt!", möök se sik sülm Moot un schreed dör de Döör hendör.

Binnen weer dat düüster un de Maandenschien, de dör dat smaale Finster lüch, weer böös swaak.

Mit anhollen Aten bleev se stahn un lüüster. Jichtensworr russel wat. Lovisa klopp dat Hart bet to'n Hals. „Du bruukst keen Angst to hebben. Ik will di blots free laaten.", see Lovisa liesen. Jichtensworr stünn een mit Süüchen op.

Lovisa höör, wodennig dat Wesen op se tohumpelt keem. Daar, wo de ringe Maandenschien in den Kerker lüch, bleev de Vossmann stahn un seeg se fraagwies an.

„Woso deist du dat? För juu bün ik doch blots 'n Beest, dat nix weert is."

„Nich för mi.", anter Lovisa mit mehr Nahdruck as se eegens wull.

„Nich för mi.", see de Vossmann liesen un humpel op se to. As he so för ehr stünn, maark se wo groot he eegens weer. Lovisa keem dat vör, as kunn he mit sien Ogen dör se dörsehn un doch spöör se keen Angst.

„Du muttst weeten, dat ik verflöökt bün. Jedeen Leefwesen, dat goot to mi is, hett dreemaal Unglück."

„Ik will nich, dat du starven deist!", baas dat ut Lovisa so luut herut, dat se tosamentucks un sik gau na den Wachpossen ümdreih. As se em snurken höör, süüch se deep un wenn sik wedder an den Vossmann.

„Mi warrt nix passeern." Den Kopp in'n Nacken un mit tosamenkniepen Mund keek se to em hoog. Denn greep se -swupps- na sien Fellhand un tehr em mit sik na buten. Sachen möök se de Kerkerdöör to un keek sik na allen Sieden üm. Ümmernoch leeg de Hoff verlaaten daar. Liesen as'n Muus wutsch se na dat groote Door, un de Vossmann humpel ehr na. Eers as de Woold, de amenn vun dat groote Weetenfeld anfüng, in Sicht keem, bleev se stahn. Hier in'n hellen Maandenschien worr Lovisa de bloodige Wunn an sien Been eers richtig gewohr.

„So kannst du nich gahn.", brumm se un trock sik den linken Strump ut. Bevör de Vossmann wat seggen kunn, harr se em uk al de Wunn daarmit verbunnen.

„Veel Glück."

De Vossmann humpel na'n Woold hento. As he bi sien Kant ankeem, dreih he sik nochmaal üm un lächel se schuu an. Denn verswünn he achter de Bööm. Lovisa wull graad na't Slott gahn, as se unvermood achter sik wat grummeln höör. Verwunnert dreih se sik üm.

As ut'n nix füngen de Bööm to knarrn un to wanken an. Bevör Lovisa wüss wat eegens loos weer, keem een mächtige Windbö dör'n Woold brackert un dee se rügglinks op de Eer smieten. As Lovisa mit brummen Kopp de Ogen opslöög, weer de Nachtheben för'n korten Ogenblick daghell un een Blitz slöög dicht bi ehr in. Dat geev een Knall un de Eer ünner ehr bever. Lovisa schreeg op, dreih sik op'n Buuk un heel sik beide Hänn övern Kopp. Mit toen Ogen luur se op den neegsten Inslaag. Man de keem nich. Wiltdes höör Lovisa wat gnaastern un de bieten Rüük vun verbrannten Planten steeg ehr in'e Nees. As se wedder opkeek, seeg se dat dat Weetenfeld brenn. Sachen stünn se op un stier op dat Flammenmeer.

„Dat eerste Unglück is indraapen.", suuster se un stier op de gnaastern Koornähren.

Kapittel 4
De Hochtiet

In den neegsten Nachten kunn Lovisa nich richtig slaapen. Ümmer wedder seeg se ehrn Vadder vör sik, as he kriedwitt un mit'n steenern Mien för dat brennen Feld stünn. De eerste Minister harr, as he to weeten kreeg, dat de Vossmann ut den verslaaten Kerker verswunnen weer, den olden Graafen de Schuld an geben. Denn weer he mit sien Söhn noch in'e Nacht afreist. Vun'n fröhen Morrn bet to'n Abend dee sik nu ehr Vadder in'e Böökeri insluten. Den Verwalter leet he rin. För all de annern bleev de Döör to.

Uk Katharina weer, as de junge Herr vun Elkgaard afreist weer, liekers in ehre Stuuv lopen un Maria weer de eentige, de bi ehr blieben dörf. Blots to de Mahltieden keemen beide rut. Denn seet Katharina mit rood weenten Ogen still daar un stier opmeist den Töller an. Maria, wekke süss ümmers mit de Klapp goot toweg weer, sweeg sik ut un keek, as dree Daag Regenwedder.

Dat Weten, dat se de Schuld an all dat Unglück harr un nix gegen maaken kunn, leeg op Lovisas Hart swoorer as'n Möhlsteen. Un doch, wenn se an den Vossmann un sien hellen blaaen Ogen dach, spöör se jedtmaal in ehrn Bossen een lütten Stich un een Stimm in ehrn Binnersten see ehr, dat se recht hannelt harr.

Do de Graaf för keen to spreeken weer, güngen de Deenst- un Hofflüüd mit all ehrn Bidden un Sorgen to Lovisa. Un Lovisa help so goot as se kunn. In'e Huuswirtschopp güng se den Deenstlüüd bi de Arbeid to Hand. Jeden Abend füll se mit blieswooren Knaaken in ehr Bedd un luur op dat tweete Unglück. Man, dat keem nich. Bilütten keem bi ehr de Wunsch op, dat dat allns blots een dösige Tofall west weer.

*

Een vulle Week weer nu vergahn. Lovisa seet mit ehrn Söstern an'n Frukkostdisch. De Morgensünn schien mooj un fründlich dör de apen Finster. Maria un Katharina deen een Gesicht maaken, as wörr dat ut Mülgen schüdden. Uk Lovisa eet ehr Broot mit langen Tähn. Keen see wat. Middenmank in disse Still keem de Huusdeener Hans mit'n Breef.

„För mi?", Katharina keek verwunnert vun ehrn Töller op.

37

„Mien Gott, he is vun Erik.", stammer Katharina. „Wat hett dat to bedüden?", swiester se un dreih den Breef in den Hänn hen un her.

„Wenn du em opmaaken deist, weet wi dat.", anter Maria dröög un schuul liekers op den Breef.

„Denn will ik maal." Mit fahrige Hänn brook Katharina dat Siegel twei un fool dat Popeer uteneen.

„Leeve Gott, maak, dat dat wat Goodet is.", bee Lovisa in'n stillen un dat Hart klebudder ehr daarbi bet to'n Hals.

Katharina ehr Gesichtsfarv wessel vun sneewitt to hoogrood. Denn leepen ehr de Traan de Wang henlank.

„Segg Sösterhart. Is dat wat slimmet?", Maria böög sik na ehr röver. Katharina schüttköpp. Denn lach un ween se togliek.

„Erik will mi heiraaden! He hett sien Vadder solang in'e Uhrn leggen, bet he trotz all sien Arger Ja seggt hett!"

„Oh ik frei mi so för di!", reep Maria ut. Denn schoov se den Stohl na Siet un ümarm de Söster vörstörm.

Lovisa föhl, wodennig de swoore Möhlsteen vun ehrn Harten füll. All de düüstern Gedanken un Ängs weern mit een Slaag verflogen. Nu eers worr se de Sünn gewohr, de in den Saal lüch un Katharina warm un blied anstrahl.

„Ik mutt mit Vadder spreeken. He mutt sien Segen to geben!" Den Breef an sik drückt sprüng Katharina bats op un leep ut'n Saal rut. Maria un Lovisa deen sik kort ankieken, denn stünnen beide op un güngen Katharina achterna.

Noch in'n langen Gang kunn Lovisa Katharina an'e Böökeridöör kloppen höörn.

„Vadder maak op! Ik heff 'n Breef vun Erik kregen!" In'e Twischen weern Lovisa un Maria uk al daar. Mit anhollen Aten deen se ehre Uhrn an'e Döör legen un luustern. Endlich knack een Slöttel in'n Slut un de Döör güng op.

„'keen hett di schreben?" In Morgenrock un mit mööden Ogen seeg de oolde Graaf sien Döchter an.

„Erik vun Elkgaard will mi heiraaden un sien Vadder hett nahgeben."

„Kann dat wohr sien?" Mit hoogtrocken Ogenbruu stünn de Graaf daar un kunn dat nich glöben.

„Hier is de Breef!" Bevör de Ool anter, harr Katharina em dat Popeer uk al in'e Hand drückt.

„Naa, denn kümmt man rin."

Wiltdes Lovisa un ehre Söstern de Röck raffen un in den hoogen Uhrensetteln sitten güngen, klemm sik de Graaf den Knieper op de Haakennees. In'e Böökeri weer dat musenstill.

As de Graaf mit den Breef dör weer, nehm he den Knieper af. He keek in'e Runn, wo em söss Ogen full Hopen anstiern deen.

„Disse Erik, düch mi, is een goode Mann un dat du em geern hest, is nich to översehn. Un doch..."

„Heet dat, du büst nich mit em inverstahn?" Katharina seeg em graadut herut an. Man, he wiek ehrn Blicken ut.

„So will ik dat nich seggen. De vun Elkgaards hebbt graad so'n ooltehrwördig Stammboom as wi. Avers de Saak is de...", wieder keem he nich. Lovisas Vadder weer een groote, dünne Mann de 'n beten vörnöverböögt güng. Nu avers keem he ehr vör, as dee em een swoore Last de Schuller noch mehr daalbögen.

„Vadder, wat is de wohre Grund!", fröög Lovisa liesen. As'n Deef, den man bi sien Doon bi de Büx kregen harr, schuul he na Lovisa röver. Denn geev he sik 'n Ruck, slütt een groote Eekenkist op, un keem mit dree lütten Büdeln torüch.

„De Bäll vun juu hebbt in'e Twischen dat heele Vermögen opfreeten. As denn uk noch all de Weeten verbrannt is, heff ik as letzt den Smuck vun juun Mudder verköpen musst. Nu sünd blots disse dree Büdel nahbleben. Juun Mudder harr wullt, dat ji se to juun Hochttied dregen deit." Mit dissen Wöör geev he jedeen Dochter een Büdel.

Lovisa ehr weer ut blaaen Samt un ehr Naam weer daar op stickt. As se em opmöök legen för ehr twee Uhringe ut Sapir un een Halskeed.

„Se all sünd kostbor. Avers as Mitgifft langt dat nich." Mit'n swooren Süüchen leet sik de Graaf in een Settel fallen un keek as dat reine Elend sien Döchter an.

„Schall dat bedüüden, dat keen vun uns heiraaden kann?", fröög Katharina un kämp mit de Traan. De Graaf nicköpp un leeg dat Gesicht in sien Hänn.

Dat tweete Unglück is indrapen un ik bün schuld, scheet dat Lovisa dör'n Kopp. Se truu sik nich na

Katharina to sehn, wekke nu op dat barmhartigste ween.

Lovisa stier op den Smuck, den de Mudder ehr verarvt harr. Mit 'n Ruckdi stünn se op un güng to Katharina.

„Nimm se. Ik bruuk se nich.", sachen leeg se de verdatterten Katharina de Halskeed in den Schoot. Denn güng se to Maria un geev ehr de Uhringe.

„Mi düch, wenn ji disse verköfft, kriegt ji noog Geld för de Mitgifft tosamen."

„Un wat is mit di?", stammer Katharina un seeg se mit natten Ogen an. Lovisa sluck dröög daal. „Ik warr eenfach nich heiraaden."

„Ik weet nich, wo ik di danken schall!", reep Katharina mit traanige Stimm, leet all den Smuck na'n Borrn fallen un füll de lütten Söster üm den Hals.

„Deern, is dat dien vulle Iernst?", de Graaf weer uk opstahn un op Lovisa togahn.

„Jaa.", anter se mit Nahdruck. „'keen schall mi uk nehmen." He seeg se truurig an, denn straakel he ehr de Wang.

*

Dat leet, as harr de Sünn all de griesegraaen Wulken, de beto över dat Slott hangen harrn, wegdrieven. Allns wat Been harr, vun de Kamerdeern bet to'n Stallknecht, weer nu ievrig mit togang, Huus un Hoff för de Hochtiet fien to maaken. Uk in'n Karkdörp worr över nix anners snackt.

Sogaar för een Bruutkled weer unvermood Geld daar. Katharina un Maria weern reinweg ut'e Tüüt, as de Graaf mit den Snieder ankeem. Woher de Segen keem, deen se eers gaarnich na fraagen.

Lovisa harr avers een Verdacht. Ehr weer neemlich opfullen, dat de gullen Daschenklock, de ehr Vadder ümmers an sien West harr, verswunnen weer.

„Vadder, wo is dien Klock bleben?", fröög se em, as se alleen in'e Böökeri weern.

„Och, de olle Sibbel bruuk ik nich mehr.", see he so blangenbi un verkruup sik in sien Book. Lovisa smüüster un geev den Oolen een Söten op'e Wang.

Maria speel vun'n Morgen bet to'n Abend op dat Spinett un süng, wiltdes Katharina in ehr Kamer vör den Speegel stünn un sik den Kopp över tomootbarsten dee, mit wat för een Frisuur se ehrn Brüdigam överraschen schall.

Lovisa güng in'n Slott all de Lüüd tohand, dat uk allns för dat Fest tietig farrig is. As Katharina se fröög, wat se ehr nich 'n Bruutkroon maaken kunn, harr se freidig toseggt.

Denn weer de groote Dag endlich daar! Alltohoop stünnen se för de Kark un deen op den Brüdigam luurn.

„Wo blifft Erik blots af!", süüch Katharina un trippel vun een Been op dat anner.

„Ümmers sinnig un suutje. Du warrst de Bruutkroon gauer loos as du denkst!", lach Maria.

„Een Bote is gistern mit de Nahricht kaamen, dat de Herrn vun Elkgaard mit'n Koppel Lüüd in'n Dörpkroog ankaamen sünd.", begöösch de Graaf sien Dochter. Katharina wull graad op antern, as de gräfli'e Kutsch vun de Elkgaards bi de Karkhoffpoort to'n stahn keem.

As Katharina den Brüdigam mit sien Vadder un een jungen Begleeder seeg, harr se för Opregen roode Placken in't Gesicht.

„Ik seeg wiss ganz greesig ut!", süüch se. Maria lach un Lovisa kunn sik dat Grienen nich verkniepen. In'e Twischen weern noch dree Kutschen mit prächtig optakelten Lüüd ankamen.

„Oha, de vun Löwenkroon, Guldborg un de Gräfin vun Steen sünd uk daarmank.", suuster de Graaf un möök sien Rüüg 'n beten graader. Lovisa nicköpp un schuul na Katharina röver. Stiev, den Bruutstruuß in den bevern Hänn, harr se blots Ogen för ehrn Brüdigam. De seeg se mit grallen Ogen an, höll ehr den Arm hen un beide deen as eerste in de Kark schreeden.

Den heelen Gottesdeenst över bewunner Lovisa de groote Söster. Rankslank, in een witten Siedenkleed, de Bruutkroon op den langen, apen, pickenswarten Hoor, seeg se eenfach wunnerschöön ut.

„Wo schöön, dat ik dat tweete Unglück verhinnert heff.", dach se in'n stillen un weer glücklich.

As man mit dat Bruutkost dör weer, stüür Maria glieks dat Spinett an. „Mi düch, nu künnt wi 'n beten Musik un Dans ganz goot bruuken." Se wull graad op'n Hüker sittengahn, as de Brüdigam ehr unvermood daarmank keem.

„Mien beste Maria, ik weet wat för'n goode Sängersch un Musikersch du büst. Avers leeder hebbt wi för de Pollonaise veel to wenige Dänsersch. Mien goode Frünn Korl Liljenkroon is een echte Meister op'n Spinett. Wees so good un laat em den Anfang maaken."

Op'n Wink keem een spiddelige junge Mann, de een Kopp lütter as Maria weer. Mit'n schuuen Lächeln möök he vör ehr een Deener. Toeers keek se em wat vun baben raff an. As se avers in dat över un döver mit Sünnenplacken sprenkelte Gesicht seeg, kunn se nich anners un lächel torüch.

Mit hoogroden Kopp güng de junge Mann hensitten. He haal deep Luff un leeg loos. Sien Finger flögen graadto över de Tasten överweg un de Melodi, de he opspeel, weer flott un frisch. Maria stier op sien Hänn un möök den Mund wiet apen. In'e Twischen weern de annern Gäss na de Midd vun den Saal ielt un deen sik för de Pollonaise opstellen. Den Anfang möök dat Bruutpoor. Denn keem de eerste Minister, un all de annern Lüüd, de to'n Fest inlaaden weern. Eegens harr Lovisa sik wat afsiets stellen wullt, as ehr Vadder se bi de Hand nehm un mit ehr den Sluss möök.

Lovisa harr een grooten Bammel, dat se ut'n Takt keem. Avers de oolde Graaf föhr se seeker dör den heelen Saal. Un doch weer se amenn nich unglücklich, as ehr Vadder daarnah na Siet güng un sik 'n Piep ansteek.

Mit'n Töller vull Pasteeten, stell se sik in een Eck. Se wippwapp to de Musik un seeg sik all de Lüüd nipp un nau an:

Vun all de dansen, jungen Lüüd weern Katharina un Erik dat schöönste Poor. Ut ehrn Gesichten strahl dat reinste Glück. Maria harr sik in'e Twischen blangen den jungen Musiker stellt un kreeg sik över sien Tastenspeel nich mehr in.

De eerste Minister stünn in'e Midd vun een Koppel Daams un Herrn. Mit den witt puderten Hoor un den mit Orden prächtig smückten Staatsrock gliek he een Pageluun. Man kunn sehn, dat em all de Loovhuddeli rünner güng as Bodder un Öl. Afsünners de Gräfin vun Steen ümfichel em as de Katt den sööten Rohm.

Na'n Wiel keem Lovisa de Vossmann in den Sinn un se fröög sik, wo em dat wul gahn wörr? Un wat de Wunn verheilt is?

„Na, mien Deern, schall ik mit di noch eenmaal dansen?"

„Woso?", Lovisa keek op un seeg in dat fründliche Gesicht vun ehrn Vadder.

„Du steihst hier so eensaam un alleen rüm."

Lovisa wull graad aflehnen, as eenige Husaren vun de könili'en Garr in den Saal stevelt keemen.

„Oh, ik glööv, ik mutt de Lüüd begrööten.", see ehr Vadder gau un verswünn. In'e Twischen harr de Leutnant mit'n korten Deener den eersten Minister een Pergamentrull geben. De Minister överflöög se un worr in't Gesicht witt as'n frisch kalkte Wand. Denn güng he to sien Söhn, klopp em bi de Schuller un see em wat in't Uhr.

Lovisa wüss nich woso, avers se spöör wedder een Angst bet in den Hals hoog krupen. Se leep na Katharina hen. Erik befree sik sachen vun Katharinas Arms un güng mit sien Vadder un den Husaren ut'n Saal.

„Lovisa, dat kann nich wohr sien!", snücker Katharina un smiet sik in Lovisas Arms.

„Mien Daams un Herrn. Leeder mutt ik dat Fest afbreeken!", see de oolde Graaf in'e Runn.

Vun allen Sieden deen de Gäss em mit Fraagen bestörmen. Vörweg de Gräfin vun Steen. „Ik heff dat je ümmers wusst, dat mit den eersten Minister wat nich ganz rein is. Avers woso man uk sien Söhn fastnahmen hett, dat schall mi maal verlangen.", reed se op den Grafen in. Man, de tuckschüller un wünsch all een goode Trüchfohrt.

De Gräfin geev sik daar nich mit tofreden. As'n Dreemaster mit vullen Segeln stüür se nu Katharina an. „Ach mien arme Deern. Wiss künnt se uns seggen, woso man juun Mann wegföhrt hett?" Katharina leepen de Traanen de Wang henlank un schüttköpp. Bevör de Gräfin se noch mehr an'n Kanthaken kreeg, schoov Lovisa se eenfach na Siet un föhr ehre Söster ut'n Saal herut.

In ehr Slaapstuuv leet sik Katharina op een Stohl fallen, nehm de Bruutkroon af un stier för sik hen.

Kort laater keem Maria mit Liljenkroon rinstörmt.

„Wat is eegens loos", fröög se wat ut'e Aten un güng för de Söster in'e Knee. Katharina seet as'n Kluck Water op'n Stohl un kämp op't ni'e mit de Traan.

„Erik weet dat sülm nich. Sien harr Vadder em blots seggt, dat se beid bi'n König in Ungnaad fallen sünd."

„Wi mööt wat maaken!", fraagwies keek Maria in'e Runn, denn füll Marias Blick op Lovisa: „Segg du uk wat! Wi künnt doch nich eenfach nix doon!" De Möhlsteen op Lovisas Boss weer wedder daar.

„Ik warr mit Vadder spreeken. Sachs deit em wat infallen.", anter se mit heesche Stimm un güng ut'e Stuuv. „Nu is dat tweete Unglück doch indrapen un ik bün Schuld.", güng ehr dat dör'n Kopp, wiltdes se dör de Gäng leep.

Kapittel 5
Dat drüdde Unglück

Worraftig harr Lovisa den Vadder to kregen, dat he na'n könili'en Hoff fohrn dee. Noch för Dau un Dag harr de Graaf dat beste Tüüch antrocken un de Hoor pudern laaten.

„Ik warr doon wat ik kann.", see he Lovisa to'n Afscheed, as se em den Reiseümhang wat faster toknüpp. Denn weer he in sien Kutsch insteegen un ut'n Hoff fohrn.

Lovisa stünn in'n Morgenrock op'e Slottripp un seeg de Kutsch na, bet se de Peer nich mehr höörn kunn. Hunnemööd un mit'n maddeligen Geföhl in'e Maagkuul, slarr se wedder in dat Slott torüch. Eegens harr se wedder na Bedd gahn wullt. Se weer avers sowat vun unrussig, dat se na dat Book vun den Steenprinz greep un bi de Finsterbank hensitten güng.

Wiet keem se nich. Se weer mit den Gedanken bi ehrn Vadder un den vun Elkgaards.

„Och, dat hett je allns keen Sinn!", reep se toletz, leeg dat Book weg un trock sik an. „Dat best is, wenn ik de Deenstlüüd ünner de Arms griep. Dat bringt mi op anner Gedanken." In'n Gang na de Slottköök leep se binah den jungen Liljenkroon in'e Arms. Mit'n lütten Opschrie deen beide bats na achtern springen.

„Oh, deit mi Leed." see Lovisa gau. „Ik bün mit mien Gedanken graad annersworr west."

„Och.", anter de junge Mann un steek sik so rood an, dat de Sünnenplacken binah nich mehr to sehn weern. „Mi geiht dat nich anners." För'n korten Ogenblick keeken sik beide schüllern an. Denn dee Lovisa Luff haalen: „Mien beste Herr Liljenkroon, künnt se mi sachs seggen, mit wat de vun Elkgaards bi den König in Ungnaad fallen sünd?"

He see se wat leidig an un schüttköpp. „Erik is twoors mien Fründ, avers ik bün een Katnerskind un blots sien Deener"

„Avers sachs künnt se mi helpen."

Verdattert keek he se an. „Bi wat denn?"

„Woso speelt se mien Söstern nich op'n Spinett wat vör? Se kunnen de beiden daarmit 'n beten opmüntern."

„Wenn ik daarmit helpen kann.", anter he freidig, möök 'n lütten Deener und güng mit grooten Schreed af. Lovisa seeg em kort na un smüüster, denn süüch se un güng na Köök.

„Ik heff mi vundag al fraagt, wannehr wi de junge Herrin bi uns to sehn kriegt.", lach de Kööksch un keem uk glieks mit'n Tablett mit Koffi un opsmeerten Brööd antrippelt. „De arbeiden will, mutt toeers wat achter de Kusen kriegen!"
Dankbor nick Lovisa un güng an den grooten Köökendisch hensitten.
Denn leeg se loos. Do na de Hochtiet veel reintomaaken weer, deen sik de Deenstlüüd bannig över ehre Help freien. Uk för Lovisa weer de Arbeid nau dat Rechte un bröch se op anner Gedanken.
As se laater de Gäng lanksleep kunn se ut'n Festsaal Herrn Liljenkroon speelen un Maria singen höörn.
To Middagstiet weern de Söstern ievrig mit den jungen Mann över Musik an't snacken.
As de Kutsch in den Hoff klebuddert keem, deen alltohoop na de Ingangshall lopen. De Graaf weer noch nichmaal richtig över'n Süll, do reep Katharina noch in'n lopen:
„Wat is mit Erik?" De Graaf keek se mit mööden Ogen an. Denn lächel he un wies op een, de achter em dör dat Door keem.
Mit'n Freidenschrie flöög Katharina ehrn Mann graadto in'e Arms. Wiltdes Maria un Liljenkroon em begrööten deen, trock Lovisa ehrn Vadder sachen an'e Armau.
„Wodennig hest du em free kregen?" „Laat uns in'e Böökeri gahn.", swiester de Graaf un güng mit ehr af.
„Wat deit dat goot!" De Graaf leet sik in sien leefsten Uhrensettel fallen, streek de Been ut un süüch. „Toeers

bün ik op'n Königshoff vun'n Hoffmarschall över den könili'en Schriever bet to'n Slotthauptmann schickt worrn. Man, se all hebbt mi vör een toe Döör stahn laaten. Denn is mi de Schattmeister, een goode Frünn ut mien Kinnertiet, infallen. To mien Glück is he daar west un hett mi rinlaaten."

„Un wat hett he seggt?", haak Lovisa na. 'n korten Ogenblick stier de Graaf in dat gnaastern Kaminfüür.

„De eerste Minister stickt deeper in'e Schiet, as ik dacht harr. He schall een Masse Geld ünnerslaan hebben."

„Un wat hett Erik mit de Saak to doon?"

„He is verhöört worrn. He hett nix vun all dat wusst. Övrigens seggt uk de oole Elkgaard, dat allns nich wohr is."

„Avers du hest em je gottloof free kregen.", see Lovisa freidig. De Graaf nicköpp un dochen maark Lovisa, dat he noch wat achtern Barg heel.

„Vadder.", see se mit Nahdruck un faat na sien Hänn. Toeers wiek he ehrn Blicken ut. Toletz süüch he un seeg se truurig an.

„Ik heff mi för Erik ünnerschrieben. Dat heet, wenn dat Geld nich mehr opdükert, denn kaamt mien verbleben Koppeln un wul uk dat Slott op'n Bott."

De neegsten Daag weern Sünnendaag. Sünnschien in'n Gaarn un in't Slott. Katharina un Erik deen de meiste Tiet ünner een Fleederloov tobringen un Maria seet mit Liljenkroon an't Spinett un süng. Uk de Deenstlüüd weern bi de Arbeid an't snacken un singen.

Eentig bi Lovisa weer allns griesegraa. Dör ehrn Vadder wüss se, wat för'n Unwedder sik över ehrn Hövden tosamenbruu, wenn dat ünnerslaan Geld nich mehr to finnen weer. Se harr ehrn Vadder dat verspraaken, den annern nix to seggen. De Graaf harr sik wedder in sien Bööker verkrupen. Lovisa kunn al de frohen Gesichten nich mehr uthollen. Ut Angst, sik to verraaden, güng se jedeen ut'n Weg. Wenn se nich in ehr Taarnstuuv seet, strömer se dör den grooten Woold. An'n drüdden Dag weer't sowiet!

Lovisa stünn graad op de Slottripp, as een Kutsch in den Hoff klebuddert keem. Een Mann in een könili'en Hoffuniform steeg daar ut.

„Ik mutt den Grafen un Herrn Erik vun Elkgaard spreeken." Se föhr em na de Böökeri. Denn leep se in den Gaarn, wo Erik un Katharina op een Bank seeten.

„Een Bote vun den König will di spreeken."

Erik worr witt as'n frisch kalkte Wand. Mit'n: „Bün glieks wedder daar.", güng he in't Slott. Katharina verstünn de Welt nich mehr: „Lovisa, wat is loos? Ik denk, allns is in't Reine?"

Man Lovisa wiek ehrn Blicken ut.

„Wi warrt dat glieks weeten.", swiester se. Tosamen güngen beide rin. Ünnerwegens keemen uk Maria un Liljenkroon anlopen. Alltohoop deen se nu vör de Böökeri stahn un töben.

Wiltdes de annern mit de Fööt hen un hertrippeln, stünn Lovisa, as'n Statue still daar. Se wüss, dat nu dat drüdde Unglück över se kaamen weer.

Endlich güng de Döör op. Katharina leep Erik glieks in'e Arms.

„Schasst du wedder mit?", fröög se hastig. Erik schüttköpp. „Eegens ja. Avers dien Vadder is daargegen."

„Wat meenst du?"

„Dat heet, dat he för em gahn warrt.", anter Lovisa mit stieven Blick un güng to ehrn Vadder, de nu mit den Boten ut'e Böökeri keem.

„Lovising. Gah bidd to'n Verwalter, he weet Bescheed un warrt allns op'n Weg bringen. Un laat Hans haalen. He schall mien Reiseümhang un een Kuffer packen."

„Vadder, wat geiht hier eegens af?", dunner Maria verdattert.

„Erik kann juu allns verklaarn. Nu bruuk ik avers mien Kleedaasch."

As de Graaf reisfarrig op de Slottripp stünn, seeg he sien Döchter de Reeg lank an. Toletz bleev sien Blick op Lovisa richt. „Ik bün bald wedder torüch.", denn föhr he af.

As de Kutsch ut'e Sicht weer, deen Maria un Katharina Lovisa mit Fragen överfallen. Man Lovisa wünk af.

„Fraagt Erik. Ik mutt na'n Verwalter!" Bevör de Söster antern kunnen, harr se beiden -swupps- den Rügg todreiht, un weer al na'n Wirtschoppshoff lopen. Daar stell se sik in een Eck un ween.

„Dör mien Schuld kümmt nu allns op'n Bott un Vadder sitt in'n Kerker."

De neegsten Daag keemen Lovisa as een bööse Alpdroom för. Still güng se den Verwalter to Hand, as he de Felder un Buurnsteeden an de Gräfin vun Steen verköff. Wobi disse den Pries böös ünnergüng. As dat nich lang, worrn all de wertvullen Möbel un Billers ut'n Slott versteigert. Katharina un Maria harrn sik in ehrn Stuben verkrupen. Eentig Erik un Liljenkroon wieken nich vun Lovisas Siet. Lovisa dee avers de beiden gaarnich wohr nehmen. Bleek un still stünn se twischen den beiden Mannslüüd un seeg to, wodennig een vertruut Möbel na'n annern verswünn. Dat eentige wat nich op'n Bott keem, weer de Bökeri. Alleen de Gedanke, dat ehr Vadder ahn sien Böker leben müss, bröch Lovisa dat Hart.

Afsünners swoor füll ehr de neegste Dag, as se op'e grooten Slottripp stünn un sik vun dat Deenstvolk verafscheeden müss.

„Wi warrt de junge Herrin för ümmers in unsen Harten behollen.", see Hans, de oolde Deener. As all de annern sik uk noch för ehr verbögen deen, kunn Lovisa nich mehr. De heelen Traan leepen ehr de Wang henlank. So gau se kunn, leep se dör de nu leddigen Gäng na ehre Taarnstuuv, smeet sik op dat Bedd, un blarr as'n Lüttgör.

*

„Wat maakt wi nu?", fröög Maria, as se to'n Abend dat wenige wat noch to'n Leben över weer, vertehrn deen.

Katharina stöcker in'n Eeten rüm un seeg na Erik röver.
De tuckschüller. „Leeder bün ik nu uk so arm as'n
Karkenmuus un Korl is'n Katnerskind."
„Ik kann avers arbeiden.", anter disse un schoov den
Töller vun sik. Söss Ogen deen em verbaast anstiern.
Lovisa wiltdes seeg em luukorig an.
„Un mit wat bidde schöön?", haak Erik 'n beten
brimsch na. Liljenkroon leet sik nich bang maaken.
„Na mit mien Hänn!", see he kandidel un heel se em
hen.
„As du so schöön seggt hest, bün ik 'n Katnerskind. Ik
kann nich blots dat Spinett speelen sünners uk 'n Äx
swingen. Soveel as ik weet, hebbt ji ümmernoch den
grooten Woold. Ik kann Holt haugen, un dat doot wi
denn verköpen."
„Un wat maakt wi annern?", brumm Erik un schuul na
de Fruunslüüd röver. Lovisas Ogen füngen miteens to
glinstern an. „Lilljenkroon hett recht. Op den
Wooldwischen is je de Schäper Hinnerk. He schall uns
all sien Wull op dat Slott bringen. Du Maria un
Katharina künnt mit mi de Wull to Gaarn spinnen un
farven. Denn warrt wi Handschen, Strümp un Schaals
knütten un se op'n Markt verköpen. Un Erik kann uns
Wild ut'n Woold haalen. Dat künnt wi eeten un liekers
to Geld maaken." Katharina un Maria deen de lütte
Söster angluupen, as harr se ehrn Klook nich mehr.
„Dat is doch nich dien vulle Iernst!"
„Na kloor!", see Lovisa un lächel Liljenkroon an. All
ehr Moot weer slaagaarig wedder daar.

Glieks an'n neegsten Daag weer Lovisa na de Schäperi in'n Woold gahn.

Twee Daag laater keem Schäper Hinnerk mit eenigen Ballen Schaapwull in dat Slott. As he de Ballen in'e Slottköök op'n Disch pack, nehm he den böös smeerigen Slapphoot vun sien kahlen Kopp un wisch sik mit een liekers nich mehr ganz reinen Dook den Sweet vun'e Bless. Wiltdes Katharina un Maria den oolden Mann wat vun baben raff ankieken deen, güng Lovisa glieks op em to.

„Ik heff se all vörwaschen un dörhaakt. Denn mutt sik de junge Herrin nich so schietig maaken."

Lovisa greep na sien Hänn un lächel den oolen Mann an. De Ool grien vun een Uhr to'n annern. Denn verkloor he Lovisa, mit wekken Planten se in'e Waschköök de Wull farven kunnen.

„Wenn dat mit dat Farven nich slumpt oder de Wull all is, bruukt se mi blots Bescheed seggen."

„Den eersten Schaal schüllt se kriegen.", see Lovisa, as se em vör de Döör bröch. De Ool wünk mit de Hand af.

„För se maak ik dat geern.", nöel he un slarr af.

„Un wat maakt wi nu?", fröög Katharina as se alleen vör den Wullbarg seeten.

„Wi sleppt dat in de Waschköök un warrt se farven. Korl hett den Ketel al anbött."

„Du deist Herrn Liljenkroon ganz gemeen mit sien Naam anspreeken?", kanzel Maria de lütte Söster af. „He is nich vun unsen Stand!"

„Na un?", see Lovisa un lach. „Korl is een fiene Keerl. Un nu packt maal mit an!", un klemm sik een Wullballen ünnern Arm.

Dank de Raatslääg harrn se na eenigen Daag noog Wull in den verscheedensten Farven. Nu güng dat an't spinnen un knütten. Vun fröhen Morrn bet to'n Abend seet Lovisa mit den beiden Söstern in'n grooten Saal un spunn Gaarn. Daarna wies se den Söstern, wodennig man schööne Handschen mit Blööm un Mustern knütten kunn. Uk Schaals un fiene witte Strümp worrn maakt. Toeers deen Katharina un Maria sik luuthals bi Lovisa över all de veelen Blaasen un Swielen an ehrn Hänn besweern. As avers de Barg an Handschen un Schaals ümmer grötter worr un de Arbeid fixer vun de Hand güng, füngen se an, över dit un dat to snacken un to singen. Erik strömer wiltdes mit de Flint dör'n Woold un füll de Spieskamer mit Fasaans, Aanten un anner Wild.

Toletz harrn se soveel tohoop, dat Lovisa un Korl sik mit'n Kiep op'n Rügg na de Stadt opmaaken kunnen.

As se to'n Abend worraftig mit'n Spint Geld torüchkeemen, weer de Freid groot.

„Lovisa, du büst de beste!", lööv Maria se, as se all dat Geld op'n Köökendisch seeg.

Man Lovisa wünk af: „Wi tosamen hebbt dat schafft."

Maria schüttköpp: „Du un Liljenkroon, ahn ju beid wörrn wi annern ümmernoch rümhuken un op unsen Fingernageln kaun.", dankbor seeg se Liljenkroon an, de sik bi ehrn Blick hoogrood anstick.

„Un wat maakt wi nu?", fröög Katharina un keek in'e Runn.
„Wi maakt eenfach so wieder un ik warr to'n König gahn. He mutt Vadder endlich free laaten.", anter Lovisa risch.

Kapittel 6
Bi'n König

„Könili'e Hoheit, de Königin will juu in'n Teesalon spreeken."

De junge Mann möök'n Snuut, as harr he graadeben Essig drunken. „Mudder kann töben. Ik weet je so un so, wat se vun mi will." Sinnig stünn he för een Wandspeegel un hüng sik een blaa-sülvern Ümhang över. In neegsten Ogenblick weer vun em blots noch de Kopp mit den langen, witt puderten Hoor to sehn. Mit'n breeden Grienen seeg he sik dat Wunner in'n Speegel an. Denn dreih he sik mit glinstern Ogen to den oolden Deener.

„Na Lasse, wat seggst du to dissen Tövermantel? Ik heff em vun een Reisen ut Fyrrismark köfft. He warrt daar vun dat versteeken Volk weevt."

„Wenn de daar all mit sowat rümlöppt, is dat keen Wunner, woso se so heeten.", anter de oolde Mann.

Mit'n Lachen güng de junge Mann in'e Stuuv hen un her.

„Dat hest du schöön seggt, Lasse. Ik bün wul de eentige König, de so'n Tüüch sien eegen nömen dö..."

Noch in'n Satt stolter he gegen een Stohl. Mit'n Opschrie riet he sik den Ümhang rünner un heel sik den wehen Foot.

„Mi düch, könili'e Hoheit, dat se dat gahn mit so'n Unsichtbormantel noch'n beten öven mööt."

„För't eerste kannst du em na de Kunstkamer bringen un ik warr Mudder beglücken.", brumm he, geev sien Deener dat Tövertüüch un güng af.

As he vör de Döör to'n Teesalon stünn, bleev he kort stahn un hool deep Luff.

„Na, denn man rin vör dat Hoffgericht.", süüch he, klopp an un drück de Klink daal.

„Do büst du ja, Kristian!", begrööt em de Königin mit een hoogtrocken Ogenbruu un stell ehre Teetass af.

„Gun Morrn Mudder.", anter he liekmödig un möök över ehre Hand een Luffkuss. Daarbi schuul he na de beiden Hoffdaams röver, de em mit tosamenkniepen Mund munstern deen.

„Morrn is goot mien Söhn.", brumm de Königin. „De Vörmiddag is binah rüm un mi düch, du hest denn halven Dag wedder mit dien Speelkraam verplümpert."

„Een König sammelt bedüden Kunstgegenstänn, Mudder!", anter he mit'n suuren Lächeln. As harr se 'n lästig Fleeg för sik, wünk de Königin af.

„Speelkraam!"

„Ik weet, Mudder." He wüss wat nu keem. Süh! Daar güng dat uk al loos:

„In dien Öller harr dien seelig Vadder vun fröh'n Morrn bet to'n Abend dat Land regeert un sien Raatslüüd op'e Fingers kiekt. Du avers lettst se maaken, wat se wüllt. Mi is to Uhrn kaamen, dat dien eerste Minister sogaar een Masse Geld ünnerslaan hett!"

„Daar för sitt he nu uk.", güng Kristian gegenan.

„Avers dat is nich di, sünners eerst den Schattmeister opfullen!"

„Daar is he je uk för daar!", anter he mit luude Stimm un kreeg uk glieks een : „Ts-ts-ts!" vun den Hoffdaams to höörn.

'n Ogenblick lang deen sik Mudder un Söhn as Katt un Hund anstiern. Denn nipp de Königin an ehr Teetass un de Hoffdaams deen ehr dat na.

„Dat slimmste is, dat du di ümmernoch nich verheiraat hest. Un rallöög nich mit de Ogen!", see de Königin achteran. „Wat is mit de Prinzessin vun Otteland?"

„De is mi to spiddelig."

„Un de Baroness vun Wiedentorp?"

„De kriescht mit toveel."

„Avers de Prinzessin vun Kienland is doch een ansehn Deern?"

„De is doch eers sössteihn."

„Se warrt in een Maand söbenteihn un is in'n besten Heiraatsöller."

„Och Mudder!", süüch de junge König un rallöög op't Ni'e. „De hett doch uk nix anners in'n Brägen as ehre Frisuur un Kleedaasch!"

„Wees nich so krüüsch!", bruus de Königin op. Mit'n harden Klack stell se de Teetass op'n Ünnertöller un ehre Hoffdaams möken ehr dat na.

„Dat Land bruukt een Arven! Un dien allererste Plicht is...", wieder keem de Königin nich, denn jüst in dissen Ogenblick klopp dat an'e Döör un een Lakai keem in den Teesalon. De Königin dreih sik mit hoogtrocken Ogenbruu na den Deener üm.

Kristian süüch. Mit'n beten Glück keem he nu üm dat Gefecht mit sien Mudder rüm.

„Könili'e Hoheit, dat Eddelfröllein vun Klinckow müch hoognödig sien könili'e Hoheit den König spreeken."

„De Klinckows sünd een vun uns öllsten Grafenfamilien. Hett de oolde Graaf nich twee Döchter in heiraatsfähigen Öller?", wenn se sik an de Hoffdaams.

„He hett dree", antern disse in Kor.

„Nu geiht de Huddeli wedder vun vörn loos.", brumm Kristian un vergraaf sien Hänn in'e Büxendaschen. As harr se ehrn Söhn nich höört, wenn sik de Königen an den Deener.

„De König lett bidden!"

„Mudder, mutt dat sien?", nöel Kristian mit'n leidig Stimm.

„Een König is för sien Ünnerdaans ümmers to spreeken!", kanzel de Königin em af.

Dör de Döör keem een junge, lütte Fruu in'n Reisemantel un möök för de Königin un den König een lütten Knicks.

Wiltdes de Königin se begrööten dee, munster Kristian de Biddstellersch vun'n Hövden bet to den Fööten.

„Groot is se je nich. Nich slank, avers uk keen Drangtunn, un de Hoor sünd wedder flassblond noch bruun.", dach he in'n Stillen.

„Is juun Vadder nich de Graaf Ludwig vun Klinckow?", fröög de Königin de junge Daam.

„Ik bün sien jüngste Dochter könili'e Hoheit.", anter disse liesen.

„Juun Vadder is een goode Fründ vun mien Mann west.", see de Königin blied un wies mit'n Lächeln op een leddigen Stohl blangen sik.

Mit'n schuuen „Dank uk, könili'e Hoheit.", güng de junge Fruu hensitten. Wat schüllern seeg se sik üm. Keen see wat.

„Hett juun Vadder nich dree unverheiraadete Döchter?", ünnerbröch de Königin dat Sweegen un smeet daarbi een veelsagen Blick na ehrn Söhn. De stier düüster för sik hen, wiltdes de junge Daam mit hoogrooden Kopp de Königin ankeek.

„Mien öllste Söster hett körtens Erik vun Elkgaard to'n Mann nahmen." Bi disse Anter deen de Hoffdaams luut na Luff snappen. De Königin klapp den Mund op un de König grien.

„Mien stackel Deern, dat is wiss een swoore Slaag för dien Familie west."

Dat Eddelfröllein sluck un nicköpp. „Erik vun Elkgaard is avers unschullig, könili'e Hoheit. Mien Vadder hett sik för em insett un is för em in't Gefängnis gahn."

„Un wat is juun Begehr?" Kristian seeg op ehr hendaal. Eegens harr he vermoden, dat de junge Fruu nu to weenen anfüng.

„Ik wörr allns för juu könili'e Hoheit doon, wenn se mien Vadder free laten.", anter se mit liese avers faste Stimm.

„Allns?", haak de Königin na un worr miteens ganz luurig. Dat Eddelfröllein dreih sik na de Königin üm. „Allns!", see se mit Nahdruck.

„Wenn dat soo is.", mit'n Lächeln keek de Königin na de Hoffdaams. Kristian worr bi ehrn Blick ganz mulmig tomoot. „Wohrschuu, glieks hett Mudder di doch noch an'n Kanthaken.", scheet em dat kokenhitt dör'n Kopp.

„Wenn du...", wieder keem se nich.

„uns dat witte Reendeert mit dat gulden Geweih bringen deist, is dien Vadder free.", baas dat ut Kristian herut. Mit apen Mund stier sien Mudder em an. De Hoofdaams deen luut na Luff snappen. Uk de junge Fruu keek verwunnert.

„Ditt Wunnerdeert fehlt mi noch för mien Deerpark.", see Kristian hastig achteran.

Dat lütte Eddelfröllein seeg em mit ehrn blaaen Ogen nahdenkern an. Denn nick se.

„Wenn ik ditt Reendeert mit dat gulden Geweih juu bringen warrt, is mien Vadder free?"

„Du hest mien Königswuurt. Wenn du binnen veer Wekken disse Opgaav schaffst."

„In veer Wekken bün ik wedder tosteed, könili'e Hoheit." Mit'n Knicks güng de junge Daam trüchoors na de Döör.

„Kristian, hest du dien Klook nich mehr!", buller de Königin, as se wedder alleen weern.

Man Kristian weer wedder in sien Fohrwater. „Mudder, ik weet wat se in'n Sinn harrn.", anter he un lach. „Avers so eenfach laat ik mi nich verkuppeln.

Nu weer de Königin op tachentachentig: „Wodennig schall de stackel Deern dat farrig kregen? Een Töverdeert, vun dat man noch nich maal weet, wat dat worraftig geben deit!"

„Man sach, Mudder.", see de König un wünk af. „Disse lütte Deern kriegt dat farrig." un güng na Döör.

In sien Stuuv stünn Kamerdeener Lasse al praat. „Is de Audienz för ju könili'e Hoheit goot utgahn?"

„Ik glööv, för't eerste heff ik dat Kliff glücklich ümschifft.", lach Kristian un leet sik op een Stohl fallen.

„Wüllt könili'e Hoheit sik för't eerste een beten stärken?"

Kristian schüttköpp. „Nee, dank uk. Lasse. Wees so goot un segg den Hoffraat Bescheed, dat ik se spreeken will.", denn güng he achter'n Schrievdisch hensitten.

„Mudder hett recht.", see he liesen. „Ik schall mehr dat Land regeern un nich soveel in mien Kunstkamer afhängen." Unvermood müss he an dat lütte

Eddelfröllein denken. Üm ehrn Vadder to helpen harr se
all ehre Angst bisiet schuben un to disse drieste Opgaav
ja seggt. „Moodig is se. Sachs hett Mudder nich ganz
unrecht."

Kapittel 7
Weddersehn

„He is eisch!", reep Maria luut ut un keek mit glöhnigen Ogen in'e Runn. Se kunn dat eenfach nich glöben, wat Lovisa vertell. „Hett he denn nix anners in'n Kopp as sien Speelkraam?", gnarr se.

„Wo kannst du so vun unsen König spreeken?", buller Erik mit rooden Kopp. „Vadder seggt, dat unse Land dör sien Kunstkamer wiet un siet beröhmt is." Man, daar keem he bi Maria nich goot an.

„Ach wat!", brumm se un nehm een deegten Sluck ut'n Koffiköppen, „Een överneesige Sirupsprinz is he. Minsch, Katharina segg du uk wat!"

„Najaa...", see de un schuul unseker to ehrn Mann röver. „Ik fünn, dat dat vun een König een Unding is, een Fruu op so een böös fahrliche Tuur to schicken.

Jedeen Hans un Franz weet doch, dat dat witte Reendert mit dat gulden Geweih nix anners as'n Fabelwesen is."

„Dat witte Reen gifft dat avers worraftig!", misch sik nu Liljenkroon in.

„Ik weet je nich so recht!", brumm Erik un keek sien Fründ an, as harr he een an'e Luuk. Man, de keek ganz sinnig torüch: „Bi mi Tohuus weet dat jeedet Lüttgör. Dat witte Reen schall in den Nevelbargen leben. Mankeen dannige Jung ut mien Dörp is daar henwannert un hett dat fangen wullt. Avers, beto is keeneen lebennig torüchkamen. De Saak is neemlich...", spreek he mit'n Swiesterstimm wieder, „dat de Nuurdlandhex jedeen, de dat Reendeert haalen will, in'n Steen verwanneln oder opeeten deit."

„Korl, du tüünst uns wat vör!" Man, de schüttköpp. „Dat is allns woor. Mien Vetter hett dat neemlich uk versöökt, un is ni mehr wedderkaamen."

„Un daar will de König Lovisa henschicken?" Maria tipp sik mit'n Finger an'e Stirn. „Ik segg doch, he is eisch!"

Lovisa wüss, wat se doon müss: „Avers blots so kann ik Vadder free kriegen. Un daarüm warr ik mi op'e Reis maaken."

„Du op keeneen Fall!" reep Katharina mit överslaan Stimm. „Sowat mutt een Mann maaken!" Erik nicköpp: „Du hest vullkamen recht. Ik warrt daar hengahn!" Nu weer dat Kalv in't Oog slaan! „Du dörfst dat nich!" Vertwievelt tehr Katharina an sien Armau un seeg em bang an. „Ik will nich, dat du dör disse greesige Hex doot bliffst! Villicht kann je Liljenkroon dat maaken. He kennt sik daar je uk'n beten ut." Mit flehen Ogen seeg se na em röver. To ehr Freid nicköpp de: „Ik warr mi op'e Söök maaken. Ik heff keen Minschen, de sünnerlich an mi hangt. Wenn ik daarbi verspeel, is dat nich so slimm." Bevör Lovisa daar op antern kunn, keem ehr unvermood Maria daartwischen.

„Ik will dat nich!", reep se hastig. Liljenkroon weer nich de eentige in'e Runn, de Maria nu mit grooten Ogen anstier.

„Ik meen, wi künnt dien Opper nich tolaaten. Dat mutt doch noch een annern Weg geben, üm Vadder free to kriegen."

Se hett sik worraftig in Korl verkiekt, scheet dat Lovisa dör'n Kopp, as Maria miteens een Masse rode Placken in't Gesicht harr. Denn see se luut: „Opbest, wi alltohoop gaht to Bett un slöppt een Nacht daaröver. Morrn finnt wi wiss een betern Utweg." Dankbor güng jedeen na sien Slaapkamer.

Lovisa harr avers ganz wat anners in'n Sinn hatt, as to slaapen. Wedder schull Korl doot bleben, noch annerseen. Se harr den König ehr Wuurt geben un wull dat uk hollen!

As se in ehr Taarnstuuv weer, güng se glieks bi un pack dat nödigste för de Reis.

As Middernacht al ut weer, sliek se op Tipptöhn dör de Gäng. Jedtmaal, wenn Lovisa bi een Slaapstubendöör vörbikeem, bleev se kort stahn un luuster. Keen vun den Veern weer noch op. Sodennig kunn se ungesehn ut dat Slott.

As se blangen de afbrannten Weetenkoppel ankeem, keek se na baben. Veer Wekken weern nu al in't Land gahn, as se sik hier vun den Vossmann verafscheed harr. Uk nu stünn an'n Heben een ni'e vulle Maand. De Luff weer klamm un fuchtig un rüük na Reinfarn un Bifoot.

„Dat is doch to un to gediegen, dat ik nu den sülvigen Weg inslaan doo as de Vossmann.", schööt ehr dat dör'n Kopp. Se dreih sik na dat Slott üm, dat still daar leeg.

„Sachs seeg ik di dat letzte maal.", see se liesen un spöör daarbi een dicken Klüten in'n Hals. Mit'n Ruckdi dreih se sik üm un schreed na'n Woold hento.

Sodraa se de eersten Bööm achter sik harr, weer dat slaagaarig balkendüüster un koolt. Gau trock se sik den Reiseümhang wat faster üm den Lief.

Mennigmaal weer Lovisa in dissen Holt west. Nu avers, in'e Nacht, keem ehr allns frömd un bedrauhlich för. Man dat weer nich allns. Se kunn dat Geföhl nich looswarrn, dat jichtenswat achter de Bööm op se luur. Jedtmaal, wenn se op een drögen Telgen pedd, schraak se op un keek sik üm.

As se bi een Holtwisch ankeem, bleev se bats stahn, keek sik üm un luuster. Do worr se mank de Bööm een Fellwesen gewahr.

Beför Lovisa weglopen oder schriegen kunn, stünn dat uk al för ehr.

„Heff keen Angst, ik bün dat blots.", see 'n vertruute Stimm.

„Vossmann?", reep se verwunnert un keek wat nauer hen. De Fellmann nicköpp schüllern. Lovisa wüss nich woso, man, uk ditmaal spöör se bi sien Anblick keen Angst nich.

„Du büst ümmernoch hier?"

„Ik heff wusst, dat du mi bruuken warrst."

„Du wullt mi helpen?", se un kunn dat nich glöben. „Du hest doch seggt, dat du jedeen Wesen nix anners as Unglück bringen deist?" Se harr dacht, dat he se nu bedröppelt ankeeken wörr. Wiltdes lächel he unvermood: „Dat is uk wohr. Jedeen Minsch, de mi wat goodet deit, bring ik *dreemaal* Unglück. Mehr avers uk nich. So is dat uk bi di kaamen. Nu kann ik di helpen. Wat hett de König di för'n Opgaav geben?"

„Ik schall em dat witte Reen mit dat gulden Geweih bringen."

„Na de Nevelbargen?", see de Vossmann sinnig. „Dat is worraftig een bannig lange un böös fahrli'e Weg."

„Ik mutt! Anners krieg ik mien Vadder nich free." Eegens harr Lovisa dacht, he wöör nu seggen: Se schull sik dat ut'n Kopp slaan! Man, dat dee he nich.

„Na, denn stigg man op mien Rügg, ik warr di henbringen."

„Ik schall op di rieden?" Verdattert stier Lovisa den hoogschaaten Vossmann an, de vör ehr in'e Huuk güng.

„Truu di. Ik bün binah so gau as de Wind." He lächel se so fründlich an, dat Lovisa nich anners kunn un sik mit'n schuuen Blick achter em opstell. Mit'n böös mulmigen Geföhl leeg se ehre Arms över sien Schuller un slõõg de Been üm sien Hüften. Mit'n Ruckdi stünn de Vossmann op.

„Hool di fast!" He drück mit fasten Griep ehre Schenkel an sik un leep loos! As weer se nich swoorer as'n Feller jõõg he graadto dör den Nachtwoold hendör. Lovisa müss de Arms noch enger üm sien Boss leggen, üm nich rünner to fallen. All de Dörper, Wischen un Hölter flögen graadto an Lovisas Ogen vörbi. As de ni'e Dag grau, weern se al in'n hoogen Nuurden.

„Daar vörn gifft dat 'n lütte Höhl un een Beek wo wi den Dag över blieben künnt!", reep de Vossmann un leep op een lütten Barg, wekke eensam un alleen leeg.

Daar ankaamen, leet he Lovisa afstiegen. Wiltdes se sik dat Kleed glatt streek un de Hoor ni flechten dee, güng de Vossmann to'n drinken an den Beek.

„Wo sünd wi eegens?" Lovisa seeg sik na allen Sieden üm. De wenigen Bööm weern nich veel grötter as'n Busch. Wiet un siet geev dat nix anners as Grass un Felsen, de vun de opgahn Sünn gulden anstrahlt worrn.

„Wi sünd in Nurdland. De Bargen, de du süüdwarts sehn deist, liggen in dien Land."

„So wiet sünd wi?" Lovisa kunn dat noch gaarnich glöben. „Un dat allns in een entigen Nacht?" Mit grooten Ogen seeg se na de wiet afliggen Bargen. Denn dreih se sik na'n Vossmann üm, de to een Felsen gahn weer un na Luff japp. „Dat is je reine Töveri!"

De Vossmann lächel se mööd an un lehn sik mit den Rügg gegen den Felsen.

„So kann man dat uk sehn.", anter he un wisch sik mit sien Fellarm över dat Gesicht. As Lovisa em an'n heelen Lief bevern seeg, steeg in ehr unvermood een groote Wuut op.

„Ik müch nich, dat du di so för mi afrackern deist! Vunmienswegen harrn wi dat uk sinniger angahn kunnt."

„Wat meenst du wat mit uns passert, wenn wi Minschen bemöten? Mi wörrn se wohrschiens glieks dootmaaken un di sachs as Hex opbrennen."

„Daar heff ik noch gaarnich an dacht.", suuster se benaut. Denn möök se den Reisesack op.

„Tominnst muttst du wedder to Kräff kaamen." Se drück em een groote Mettwuss in'e Hand. Denn hüll se sik in ehrn Ümhang in un güng blangen em sitten.

„Un wat deist du eeten?", fröög de Vossmann mit vullen Mund.

„Och, ik bün gaarnich hungerig.", nöel se liesen.

„Wenn du nix eeten deist, eet ik uk nich.", brumm he un höll ehr de Wuss hen.

„Denn mutt ik je wul." Mit'n breeden Grienen biet se rin un drück se em wedder in'e Hand.

Sodennig güng de Mettwuss ümmers hen un her. Daarbi deen beide in de Morgensünn pliern, de nu ümmer mehr Kraff kreeg.

„Un wat maakt wi nu?", fröög Lovisa toletz un kunn sik dat Hojahnen blots mit Mööh verkniepen.

„Opbest, du deist för't eerste een beten slaapen."

„Un wat maakst du?"

„Ik pass op! Twoors verbiestert sik in dissen Flach kuum een Minsch. Avers dat kann man nienich weeten."

Daar weer Lovisa gaarnich mit inverstahn: „Wenn hier een slöppt, denn büst du dat!", anter se risch. „Du büst de heele Nacht lopen. Ik pass nu op!" Mit'n vörschuben Kinn seeg em so böös an, dat he nich anners kunn un lach.

„Na goot! Ik slaap toeers! Avers laater wesselt wi uns af. Afmaakt?"

„Afmaakt!" Lovisa nicköpp. Wiltdes sik de Vossmann slaapen leeg, seeg Lovisa de Landschapp na Minschen af. As ehr Blick unvermood op den Vossmann füll, de tosammenrullt as'n Deert mit den buschigen Steert för't Gesicht blangen ehr leeg, kunn se sik een Smüüstern nich verkniepen.

*

„Lovisa kumm op."

„Is't al sowiet?", nöel Lovisa un seeg in dat Gesicht vun den Vossmann.

„De Sünn geiht to Bedd." Nu eers wohr Lovisa de Abendsünn gewohr, de dat Fell vun den Vossmann füürrood schemmern leet.

„Hest du goot slaapen?"

„Nee!", gnarr se. Stiefbeensch humpel se to'n Beek un wusch sik dat Gesicht mit koolden Water.

„Mi is, as harr ik op Möhlsteen liggen, un koolt is mi
uk."

„Mit'n Himmelbedd kann ik di leeder nich deenen.
Avers de Steen daar vörn is noch schöön warm." He
wies na'n platten Felsen, de vun de Abendsünn anlüch
worr. Mit'n Nicköppen greep Lovisa na'n Reisesack un
güng op em hensitten. Se slöög sik den Ümhang wat
faster üm den Lief un plier in den Heben. De Vossmann
güng blangen ehr sitten.

„Mööt wi wedder de heele Nacht hendör lopen?", fröög
se em liesen un spöör de letzten warmen Strahlen op
dat Gesicht. De Vossmann nicköpp. „Leeder ja. Segg
maal, hest du sachs noch wat to'n Eeten? Ik heff
neemlich Smacht as'n Boor." Vull Vörfreid keek he to,
wodennig Lovisa den Büdel op möök. As se em mit'n
leidig Gesicht een ni'e Wuss in'e Hand drück, lett he de
Flipp hangen.

„Deit mi Leed. Wat anners heff ik nich daarbi."

„Najaa", süüch de Vossmann un dwing sik 'n Lächeln
af, „in'e Noot smeckt de Wuss uk ahn Broot."

As dat letzte Dämmerlicht an'n Heben verswünn, güng
de Vossmann in'e Huuk un Lovisa klatter op em rup. As
in de vergahn Nacht jöög de Vossmann graadto dör dat
Land. Trotz de Biesternis keem he nich een eentig maal
in't Nöseln. Lovisa föhl sik de heele Tiet över op sien
Rügg bargen un seker. Sogaar as laater de Maand
opgüng, un se all de veelen Felsen un Gravens sehn
kunn, över de he mit ehr överweg sprüng.

De Nacht weer binah üm, as ehr Padd bargan güng.

„Wi sünd daar!", reep miteens de Vossmann un möök op'n Tippen vun een hoogen Barg hollt. Lovisa rutsch vun sien Rügg af un keek rund. „Dat sünd nu de Nevelbargen.", see se liesen. Allns wat se vun disse Kuppel sehn kunn, weer een Nevelmeer, ut dat sprangwies Bagtippen herutragen deen. „Hier is dat witte Reen mit dat gulden Geweih tohuus."

„Un de Nevelhex.", brumm de Vossmann düüster.

Kapittel 8
De Nevelhex

„Wodennig künnt wi in disse Nevelsupp blots dat witte Reen opspöörn?", fröög Lovisa.

„Ik kenn in den Nevelbargen een lütten See, wo ditt Wunnerwesen eenmaal an'n Dag ut drinken warrt."

„Un mit wat schüllt wi dat infangen?" „Daar heff ik wat.", see de Vossmann un geev Lovisa een blaa-sülvern schemmern Lien, de ut Grass un Blööm knütt worrn weer.

„Wat is dat?"

„Daarmit kannst du jedeen Wesen an di binnen. Wenn du dat den witten Reendeert üm den Hals smieten deist, kannst du op em rieden."

„Büst du seker, dat dat langt?" Dat Band weer nich dicker as'n Blomenkeed, de vun de Deerns to Middsummer op den Wischen maakt worr. De Vossmann grien. „Dat höllt!"

Miteens worr sien Mien iernsthaftig. „Un doch kann di dit Aventüür dat Leben kosten. Wenn du de Hex in'e Ogen sühst, warrt se di to Steen verwanneln. Un denn sünd daar noch ehre Deeners, de Irrflüüser. Se künnt een so dull de Gedanken verbiestern, dat man een Fründ nich vun een Fiend ünnerscheeden kann." De Vossmann stell sik för Lovisa op un seeg se graadut an. „Ik kann uk alleen dat witte Reen haalen."
„Un wat is, wenn du doot bliffst? Ik gah mit!" de Hänn in'e Siet, keek se to em hoog. Toletz smüüster de Vossman. „Kannst du een Fanglien smieten?"
„Nee. Avers ik kann dat je lehrn."
„Na denn man to!" Bevör Lovisa wüss wat eegens loos weer, leep de Vossmann as 'n Brummer üm den Honnigputt üm se rüm un grien. „Wat schall dat nu wedder!" Lovisa keek em verdattert na.
„Ik bün nu dat witte Reen."
„As du wullt!" De Ogen op den in'n Krink lopen Vossmann richt, smiet se de Grasslien. Avers dat Ünnerfangen weer nich so licht to, as Lovisa sik dat vermoden wörr. Ümmer wedder wiek he ehr ut. Na'n Wiel füng Lovisa to flööken an. Je duller se in Brass keem, ümto breeder grien de Vossmann. Dat bröch se eers recht op tachentachentig. „Di krieg ik uk noch an't Gängelband.", gnarr se un smiet ümmer frisch to. As miteens dat Tau -swupp- över den Vossmann sien Kopp füll, kunn se dat toeers gaarnich glöben. As ehr uk de neegste Wurf glücken dee, juuch se luut op.

„Mi düch, nu hest du een echte Schangse.", see he
toletz un geev ehr de Lien torüch.

„Kloor heff ik de!", anter Lovisa mit hoogroden
Gesicht un steek sik de Hoor wedder fast. „Nu, wo ik
die an'e Lien kregen heff, is dat witte Reen een
Klacks!"

„Wenn du dat seggst!", gnüffel he un güng för ehr in'e
Huuk. „Stieg op!"

Lovisa haal deep Luff, leeg de Arms üm sien Schuller
un sloög ehre Been üm de Sieden.

„Wat uk geschehn warrt, du dörfst vun nu an nich een
eentigen Toon vun di geben. Je länger disse Hex un
ehre Deeners nix vun uns mitkregen, ümto beter is dat."
Denn leep he in'n vullen Draff de Bargkuppel hendaal.
Mit jedeen Schreed worr de Luff koolder un fuchtiger.
Bevör Lovisa dat gewahr worr, leep ehr dat Water al
druppenwies de Hoor henlank. Sogoor de Ümhang
weer klatternatt un swoor. Denn keem de Nevel! He
weer so dick, dat Lovisa nichmaal de eegen Hänn för
de Ogen sehn kunn. Rundüm weer dat so still, dat
Lovisa den eegen Hartslaag höör. Dat leet, as harr de
Nevel allns wat leevig weer, mit een swooren Deek
daaldrückt. Wo se uk henkeek, narmsworr kunn se 'n
Busch, Boom oder Felsen utmaaken. Dat leet, as weern
se middenmank in'e See un nich op'n Land. Blots af un
to meen se de Ümriss vun Felsen to sehn, an de se vörbi
lepen. De Küll kruup dör de Kleeder hendör un sett
Lovisa so böös to, dat se an heelen Lief schudder. Ut

Angst, dat man ehr Tähnklappern höörn kunn, dee se ehr Gesicht in dat Fell vun den Vossmann vergraben.

Lovisa keem de Tiet 'n Ebenlitt för, as sik miteens de Nevel 'n beten lichten dee. Kort laater stünnen se an een See. Wo groot he weer kunn man nich seggen. Ümmernoch weer vör de Sünn een dünne Wulkensleier un allns weer in'n Nevel verbargen.

Sachen güng de Vossmann in'e Huuk, sodat Lovisa afstiegen kunn. Wiet un siet weer nich een Deert to sehn. Rundüm dat Över stünn een Masse verscheeden groote Felsen. As Lovisa disse wat nauer ankeek, verfehr se sik so dägern, dat se binah schriegen harr. In den meisten Felsen kunn se Gesichten vun tomeist jungen Mannslüüd sehn. Mit wiet oprieten Ogen un apen Münnern deen se för sik henstiern. Lovisa sack dat Hart in'e Büx. -De meisten sünd noch so jung.- schööt dat dör ehrn Kopp. De Traanen leepen ehr de Wang henlank. Se wüss nich, wat dat de dore Küll weer oder de Truur över dat Schicksaal vun all dissen Minschen.

Unverwohrns spöör se en Hand in ehrer. As se to den Vossmann opkeek, stünn he blangen ehr un seeg op den See. Lovisa wisch sik över't Gesicht un keek liekers daarhen.

Narmsworr kunn se 'n Deert utmaaken oder höörn. Blots dat Water schülper gegen dat Över. Dat liesen swapp-swapp möök Lovisa reinweg druusig un ehr füllen de Ogen to.

Denn keem de Sünn gänzlich vördag un een Flach Göös flöög in dat Water. De Vossmann wies mit'n Kopp na de Siet. Mit de Göös weer uk 'n Koppel Reendeerten to'n Över kaamen. Vörweg draav een sneewitte Reenbull mit'n Geweih, dat in'e Sünn gulden glinster.

De Vossmann güng suutje in'e Huuk. Lovisa wüss, wat se doon müss. De Sling in'e Hand steeg se op sien Rügg. Mit een eentigen Sprung, bi den Lovisa binah koppeister güng, keem de Vossmann kort för den witten Reenbullen to'n stahn. De heeschen Schriege un Flögelslöög vun de opschraaken Göös dröhn in Lovisas Uhrn un de opsmieten Eer vun de weglopen Deerten flöög ehr in't Gesicht. Bevör Lovisa de Lien den witten Reenbull üm den Kopp smieten kunn, weer he al in'n Nevel verswunnen un mit em de heele Reenkoppel. De Vossmann leep glieks achterna. In'n neegsten Ogenblick weer he middenmank de flüchten Reendeerten. Wo Lovisa uk henkeek, geev dat nix anners as bruune un griese-graae Felle. Mit wieden Schreed leep de Vossmann na vörn un leet de meisten Deerten achter sik. Denn harr he den Leitbull för sik. Toletz weern se mit em liekop. Beide weern so dicht blangenanner, dat Lovisas Been gegen den Lief vun dat witte Reen schubbern.

Ahn sik lang to besinnen swüng se de dünne Lien un draap! Denn böög se sik över dat Deert röver, slöög beide Arms üm sien Hals un trock sik op sien Rügg. De Reenbull bööm sik op un versöök, se mit Macht aftosmieten. Lovisa press ehre Been fast in sien Sieden un griep na de Sling. Togliek müss se den gulden Geweih utwieken.

As dat witte Reen dat opgüng, dat he de Riedersch nich afsmieten kunn, jöög he in vullen Klupeer dör de Nevelsupp. Lovisa mark, dat dat bargan güng. Mit jedeen Schreed kloor de Heben op. Toletz weer de Nevel verswunnen un dat Reen möök op een Bargtipp haalt.

„Allerbest, Lovisa!" Mit'n Duumen na baben stünn de Vossmann blangen ehr. Lovisa strahl över't heele Gesicht.

„Dreih mit em een lütte Runn." Lovisa nick den Vossmann to un trock kort an'e Lien. Worraftig draav dat witte Reen ganz sinnig un suutje loos un leet sik vun ehr föhrn.

„Ik kann dat noch gaarnich glöben." lach se un klapp dat witte Reen öllern bi'n Hals. Dat Geweih blinker-blenker gulden in'e Sünn. Se harr dat schafft! För Glück harr se opleefst luut juucheit. Mit een Satt weer se vun dat Deert raffsprungen un geev den Vossmann – swupps- een Kuss op'e Wang.

Dat Fell vun den Vossmann schimmer noch rooder as süss. Denn verdüüster sik sien Mien. Verdattert rück Lovisa vun em af.

„Heff ik wat slimmet daan?", stammer se. Mit opstellten Fell wies de Vossmann achter ehr. As se sik ümdreih, stünn keen teihn Schreed af, een griesegraae Fruu mit langen, natten Hoor. As bestünn de heele Lief ut nix anners as ut Nevel, kunn man se blots swummerig sehn. Ehr Gesicht wessel stüttig vun jung to oolt.

„Bi alle Döösters. Een Vosswesen un een Minschenworm. De hebbt mi noch in mien Steensammeln fehlt." De Stimm klung maal oolt un denn wedder jung. Sachen keem se op Lovisa to sweevt. Gegen ehrn Willen stier Lovisa se pielpall an. Denn, as harr 'n Windbö den Nevel wegweiht, worr dat Gesicht vun de Hex miteens klaar un düütlich un ehr Blick weer nau op se richt. Bevör Lovisa dat klook kreeg, weer de Vossmann op de Hex daalgahn.

„Riet weg!", dröhn sien Stimm över de heele Bargkuppel. As harr sien Stimm een Töver braaken, swüng sik Lovisa op dat Reen un klebudder in vullen Kluppeer bargaf. Kort laater weer se wedder in'n kattendicken Nevel.

„Verdammig! Wo schall ik in disse Waschköök den rechten Weg finnen?", flöök Lovisa un dreev dat Reendeert ümmer duller an. Vull Greesen güng dat Lovisa op, dat de Padd wedder bargan güng. Do harr se 'n Infall! Gau böög se sik vörnöver: „Wi mööt na'n See. Bring uns beid na'n See!" As harr de Bull Lovisa verstahn, änner he so bumbats de Richt, dat se binah rünnerfallen weer. As dat nu hendaal güng, füll Lovisa een Steen vun'n Harten.

De Luff worr koolt un fuchtig. Duur nich lang, un de klamme Reiseümhang weer sneewitt vun Ruuchriep un ehre Hoor weern över un döver vull lütte Iesklumpen. Ehr Kopp föhl sik an, as harr man em in een Emmer

mit Ieswater stülpt. Rundüm weer dat doodenstill. Dat witte Reen leep wieder un wieder. Lovisas Ogen worrn ümmer swoorer un swoorer. Denn nick se in.
Unvermood höör se veele Stimmen. Toeers weer dat een Sirren as bi so'n Mückenswarm. Denn worrn de Stimmen luuter un vertruuter.
„Ditt allns hett keen Sinn nich. Giff op!"
„Maria! Büst du dat?" As Lovisa de Ogen opslöög, wohr se mank den Nevelswaden de Söster gewohr. Gau bröch se dat Reendeert to'n stahn. To'n griepen na, stünn Maria daar un seeg se mit'n hoogtrocken Ogenbruue an:
„Ik heff di dat je ümmers seggt: Dat warrt nix! För de Huusarbeid un to'n neihn büst du goot noog. Mehr uk nich! Keen Keerl deit sik in so'n Huusbüdel verkieken."
Lovisa wull graad antern, as de Söster uk al wedder in'n Nevel verswünn. Wiltdes stünn nu Katharina för ehr. „Giff op, oder wullt du noch mehr Unglück över uns bringen! Dör dien Schuld sünd wi alltohoop arm un bloot un Vadder sitt in Kerker."
„Katharina, allns warrt wedder goot." reep Lovisa. Do weer de Söster uk al wedder weg. Ehr Vadder keem nu ut'n Nevel. Kriedtwitt in't Gesicht un mit infallen Wangen seeg he se truurig an. „Vunwegen dien weeket Hart mutt ik nu in Schimp un Schann mien Daag tobringen."
„Vadder!" Mit traanen Ogen sprüng Lovisa vun dat Reen raff un leep op em to. Se wull na sien Hänn

griepen, do weer he as Rook in'n Wind verswunnen. Ut'n Nevel keem de Vossmann.

„Gottloof du leefst!" Lovisa keek to em op un verjaag sik dägern. Mit bleekten Tähn grien he se viegeliensch an. „Wat büst du doch dösig! Mit dien Help bring ik jedeen Leevwesen nix anners as Noot un Elend." As för'n Kopp stött wiek se vun em torüch. „Dat is nich wohr!", stammer se un de heelen Traanen leepen ehr de Wang henlank. De Vossmann grieflach. Man, he weer nich mehr alleen. Rundüm stünn ehre Familie un veele Bekannte.

Lovisa keem sik för, as harr man se splitternackelt op'n Pranger stellt. Alltohoop deen mit'n Finger op se wiesen un seen: „Kiekt al her! Dat is de wohre Lovisa." Lovisa wüss, wo recht se harrn. De Been wörrn ehr wegknicken un se sack as dat Loof na Eer. Se leeg de Hänn för dat Gesicht un röhr as'n Lüttgör.

„Stackel Deern!", suuster een feerne Stimm. Een Hand leeg sik op Lovisas Schullern. De Küll, de vun disse Hand utgüng, leet Lovisa an'n heelen Lief bevern. Se spöör dat Verlangen to slaapen.

„Kumm op. Ik weet Raat." Sachen stünn Lovisa op un keek in een Fruunsgesicht, dat sik vun oolt in blootjung verwannelt harr.

„So is dat recht. Un nu seeg mi graadut an." De Sleier op de Ogen vun de frömden Fruu verflöög. Dat leet as keek Lovisa in een Strudel, de se mit sik in'e Deepde rieten dee.

„Glieks is allns vörbi!", süüch Lovisa. Se föhl sik miteens free un lerrig.

Een hooge un heesche Schrie leet se opfohrn. As weer Lovisa ut allen Wulken graadto in een Mergelkuul fallen, stier se mit Greesen op dat Undeert, wat op de schöönen Fruu daalgüng.

Ahn sik lang to besinnen greep Lovisa na'n eersten Steen den se fünn un dösch daarmit op dat Beest in. Gauer as Lovisa plierögen kunn, harr sik dat Fellwesen na ehr ümdreiht un na ehre Arms griepen.

Lovisa speeg dat Beest in't Gesicht un wull sik wedder free rieten. Man allns vergeevs! As weer se 'n Stück Holt, böhr dat Wesen se in'e Höögde. Lovisa möök de Ogen to un luur op den letzten Slaag.

„Na'n See mit ju!", reep 'n vertruute Stimm. Bevör Lovisa dat klook kreeg, seet se wedder op'n Rügg vun dat Reendeert un jöög in'n vullen Kluppeer dör'n Nevel hendör.

Mit bevern Hänn ümkrall Lovisa de Lien un böög sik wat vörnöver. Kort laater spöör se ünner ehrn Föten Water. Dat Reen stünn mit ehr in'n Nevelsee. Lovisa kunn achter een dünnen Wulkendeek de Sünn sehn. Dat Hart pucker ehr bet to'n Hals, as se blangen sik jichtenswat in't Water springen höör.

Basch dreih se sik üm un worr den Vossmann gewohr. Mit'n blootversmeerten Gesicht seeg he se schuu an.

„'keen hett di...", in den Ogenblick as Lovisa dat see, wüss se al de Anter.

„Dat deit mi so leed." To'n Antern keem de Vossmann nich mehr, denn bi't Över stünn de Nevelhex!

Ditmaal weer ehr Gesicht steenoolt. Langsaam steeg se in den See. De Vossmann stell sik för Lovisa op. De Hex möök ehrn tahnlosen Mund op un lach. „Denn büst du eben de eerste." Sachen keem se op de beiden towaat. Miteens bleev se bestahn un stier verdattert na'n Heben. De Sünn keem mank de Wulken vördag un dör sien Lüch blinker-blenker de heele See. De Hex schrieg op un höll sik de Hänn för de Ogen. Ehr Lief worr nu dörsichtiger. As Dau in'e Sünn löös se sik op, un mit ehr de Nevel.

„Is se starven?", fröög Lovisa den Vossmann un kunn dat gaarnich glöben. Graadeben noch weer allns düüster west un de beiden harrn üm ehr Leben bangen musst. Nu avers weer över ehrn Hövden de blaae un klaare Heben. De See leeg middenmank op een wiede Ebene un dat natte Grass glinster in'e Sünn. De Vossmann stünn blangen ehr un lächel. „Laat uns to'n Över gahn. Süss warrt wi uns in'n koolden Water den Doot haalen."

„Blots 'n Snuppen!", gludder Lovisa un straakel dat witte Reendeert.

„Naa, mien Guldhoorn? Wi beid mööt een König Gundag seggen." As se to'n Över waaten, worrn se een groote Koppel Mannslüüd gewohr. De meisten wünken ehr freidig to. Anner deen sik övermödig gegensiedig nattsprütten oder mööken Bocksprüng.

„Dat sünd all de Minschen, de disse greesige Hex to Steen verwannelt hett.", see de Vossmann.

As se wedder op'n Drögen stünnen, worrn se vun allen Sieden bestörmt un mit Hurra-Ropen begrööt.

Lovisa scheet dat Bloot in't Gesicht un ehre Hänn worrn sweetnatt. Vun lütt an harr se sik för Minschenkoppeln gruust. Un nu müss se Hänn schüddeln un sik Dankwöör anhöörn.

„Leeve Lüüd, gaht nahuus! Juun Familien tööft veel to lang op ju. Wi mööt hoognödig to'n König.", reep toletz de Vossmann. Dankbor nick em Lovisa to, as he se un dat Reen ut'e Minschenkoppel föhr.

Kapittel 9
As Strömers op'e Landstraat

„Wo is Lovisa?", fröög Katharina, as se an'n neegsten Morgen in'e Slottköök güng un de lütte Söster nich daar weer. Eegens stünn Lovisa ümmers as eerste op, harr dat Füür in'n Heerd anbött un dat Frukkost maakt. An dissen Morgen avers weer de Köök koolt un keen dampen Grütt stünn op den grooten Eekendisch. As wat laater Maria mit'n mööden: „Morrn!" in de Köök slarr, leep Katharina glieks op se to.

„Hest du Lovisa sehn?"

„Is se nich hier?"

„Süss wörr ik di je nich fragen!", bruus Katharina op. Maria güng eenfach an ehr vörbi un seet sik op'e Bank.

„Is wat?", reep Liljenkroon verwunnert, de as letzte keem.

„Katharina maakt uns blots wuschig, wiltdat se utnaamswies dat Frukkost maaken mutt.", anter Maria un grien. Dat bröch Katharina nu eers richtig op tachentachentig.

„Och, daarüm geiht dat nich!", buller se loos un trams mit'n Foot op, „Wat is, wenn sik de dumme Deern eenfach alleen na de Nevelhex opmaakt hett?"

„Dat is nich dien vulle iernst!", stammer Liljenkroon un worr bats kriedwitt in't Gesicht.

„Ik gah na de Taarnstuuv." Maria sprüng op.

„Ik maak maal Füür.", see Liljenkroon un güng för den Heerd in'e Huuk. Katharina leet sik op'e Bank fallen un trummel mit'e Fingern op'n Disch. Wiltdes güng Erik bi un kreeg 'n Ketel op'n Heerd. As Maria wat laater wedder in'e Döör stünn, harr se Traanen in'e Oogen.

„Se is nich in'e Stuuv!"

Katharina sprüng vun'e Bank op un leep in'e Köök hen un her.

„De stackel Deern! Wi mööt ehr fuurts nahgahn!" Mit flackern Ogen seeg se na Erik röver. Man, de schüttköpp. „Dat hett keen Sinn nich."

„Avers jichtenswat mööt wi doch doon!"

„Katharina hett recht.", see Liljenkroon. Erik schüttköpp: „Snack keen Dummtüüch, Korl. Bet wi in'e Nevelbargen sünd, is Lovisa al lang bi de Hex."

„Dat weet ik. Avers wi künnt wat anners maaken?" Liljenkroon kau op'e Ünnerlipp. Kort laater füngen sien Ogen to glinstern an: „Woso söökt wi nich den Deef, de al dat Geld stahlen hett?"

„Wodennig schüllt wi dat maaken?, buller Erik. „Un denn glöövt uns sounso keen Swien! Nichmaal de

Schattmeister, de een oolde Fründ vun Katharinas Vadder is, warrt uns helpen." Katharin leet sik wedder mit'n Süüchen op'e Bank fallen. Liljenkroon leet sik wiltdes nich den Wind ut'e Segels nehmen. Ganz sinnig keek he in'e Runn. „Ik verwedd mien Kopp, dat de Schattmeister de Rietenspliet is, de sik all den Schotter in'e Dasch steeken hett"
„Un wodennig wullt du dat rutkriegen?", gnarr Erik.
„Ik warr mi mit Maria as Straatenmusiker na sien Slott opmaaken. Sachs kriegt wi je rut, wat he Schiet an'e Hacken hett."
„Ik schall op Straatenmusiker maaken?", stammer Maria. „Du hest je Rotten op'e Böön!" Liljenkroon seeg se freidig an: „As eenfache Wannerslüüd fallt wi nich sünnerlich op. Un wenn wi in all de Kröögerien un Dörpen opspeelen, kriegt wi wiss een Masse to weeten vun all de Lüüd, de bi den Schattmeister in Lohn un Broot staht."
„Du kannst doch nich dat Spinett op'n Rügg mitsleppen.", Maria sprüng op.
„'keen snackt denn vun dat Spinett? Fiddeln kann ik uk.", gludder Liljenkroon. „Ik finn, dat is ümmernoch beter, as hier op'n Slott as de Hahn op sien Mess to sitten un to töben, dat Lovisa alleen de Karr ut'n Schiet trecken deit."
Liljenkroon strahl Maria mit sien Sünnenplackengesicht an. Do kunn se nich anners un lächel torüch.
„Ik gah mit."

„Un wat maakt Erik un ik so lang? Brommelbeern plücken, oder wat?"

„Du deist in'e Twischen unsen Knüttkraam op'n Markt verköpen un Erik soorgt daarför, dat wi op'n Slott wat to'n Eeten hebbt." Daarmit weer allns Kloor.

*

As se Sünn opgüng, steveln Maria un Liljenkroon mit Rucksäck op'n Rügg de Landstraat henlank. Toeers kunn Maria mit Liljenkroon noch goot mithollen. De Sünn lach blied un de Vageln weern in all de Knicks an't singen un fleiten.

As de eerste Stünn vergahn weern, seeg de Welt nich mehr so rosig ut. De Straat weer to sandig, de Sünn veel to grall, de Rucksack to swoor un de dore Pieperi vun de Vageln güng ehr uk op'n Senkel! Mit'n düüstern Mien stier Maria na Liljenkroon röver. De summ kandidel för sik hen un keek mit glinstern Ogen üm sik. „Is dat nich een mooje Dag?"

„Mmm, de verdreihte Keerl löppt as'n junge Gott un mi löppt de Sweet den Nack henlank", brumm se liesen un wisch sik een natte Hoorsträhn ut'n Gesicht. „Wenn he denkt, dat ik üm een lütte Paus beddel, hett he sik avers snieden!"

Toletz weer de Noot grötter as all ehr Stoolt. Maria bleev bumbats stahn: „Liljenkroon, ik kann nich mehr!" Verdattert dreih he sik üm. Se weern je man eers den Vörmiddag ünnerwegens? As Maria hoogroot in't

92

Gesicht as'n Tomaat un böös an't happachen vör em stünn, nick he fründlich.

„Daar vörn, ünner de schattigen Eek, künnt wi uns 'n beten verpüüstern." Mit'n dankboren Blick humpel Maria na'n Boom hen. Mit wackeligen Been leet se sik fallen. Liljenkroon kreeg ut sien Rucksack een Buddel hervör un geev se ehr.

„Dat du so gau slapp maaken deist, harr ik nich dacht."

„Ik bün je uk'n Eddeldaam un keen doofe Maagd.", anter se un nöhm een dägten Sluck. Liljenkroon sweeg sik ut. Wiltdes biet he in een Klappbroot. Een Tietlang see keeneen wat.

„Dat beste is, wenn du mi vun nu an mit Korl anspreeken deist."

„Woso?", Maria keek verwunnert op.

„Vergitt nich, dat wi eenfaache Musikers sünd." Toeers keek em Maria mit'n hoogtocken Ogenbruue an. Denn nick se un lächel.

„Du hest recht... Korl."

„Un nu mööt wi wedder loos." Mit een Satt stünn Korl op'e Fööt un streek sik. Maria seeg em wat leidig an.

„Och, künnt wi nich noch 'n beten sitten bleben?"

„Bet to'n neegsten grooten Dörp hebbt wi noch 'n lange Tuur för uns un ik glööf nich, dat du de Nacht ünner'n freen Heben slaapen wullt."

„Och Korl! Du wullt mi doch blots to'n Buurn hebben!" As Maria mark, dat Korl dat Iernst meen, worr ehr ganz plümerant tomoot. Alleen de Gedanke, sachs op'e harten Eer ünner een Boom to slaapen un to freesen, bröch se wedder op'e Been. As harr se Blie ünner den Schöh, wank se blangen Liljenkroon de Straat henlank. De Sweet drüppel ehr de Nees hendaal. Mennigmaal stolter se över de eegen Fööt. Harr Liljenkroon ehr nich gau ünner de Arms griepen, weer se wiss böös fallen. Jedtmaal wenn Korl to Maria röverschuul, de mit'n sweetnatten Gesicht för sik henstier un na Luff snapp, spöör he een lütten Stich in'n Harten. Toletz möök he bi een grooten Steen blangen de Straatenkant haalt. Bevör Maria dat klook kreeg, harr he ehr den Rucksack afnahmen. As he nu mit een Büdel op'n Rügg un den annern vör sik vör ehr stünn, müss se lachen.

„Du sühst ut as'n Schildkrööt!"

„Mi maakt dat nix ut." see he un grien breet.

Nu, wo se keen lastigen Rucksack mit sik sleppbuckeln müss, füll Maria dat gahn wat lichter. In'n stillen bewunner Maria Korl. Ahn to murrn un gnurrn dröög he de heele Packelaasch un münter se uk noch op. As de Abend keem, wies he na förn:

„Ik bün stoolt op di! Een poor Schreed noch, denn hest du dat schafft!" As Maria in'e Feern den Karkentaarn gewahr worr, op den de Wedderhahn in'e Abendsünn blinker, lächel se Korl to. Miteens spöör se all de mööden Knacken nich mehr. Op't meiste avers frei se sik över sien Loov. Denn worr se op wat anners opmarksaam: Nich wiet af vun dat Karkendörp stünn een groote un prächtig utsmückte Borg.

„Segg maal Korl, höört dat Slott den König?"

„Nee, dat is den Schattmeister sien.", anter he un lach över dat dösige Gesicht, dat Maria möök.

„De Schattmeister?", achel Maria. „Den mutt he je böös riek sien."

„Dat warrt wi sachs rutkriegen." Korl stevel op dat Dörp to. As de beiden endlich ankeemen, weer dat Nacht. De meisten Kaaten un Hööf leegen still un düüster daar. Blots ut den Finstern ut dat gröttste Fachwarkhuus, dat den Schild na Kroog un Postkontor weer, lüch dat na de Straat rut.

„Naa, denn wüllt wi maal!" Korl klopp Maria den Sand vun de Kleedaasch. As he farrig weer, möök he de Döör op un güng mit ehr rin. De stickige Luff un de Rüük vun Toback weern so dull, dat Maria speigövel worr. Se bleev op'n Süll bats stahn un heel sik de Hand för'n Mund. Korl greep ehr ünner de Arms un trock se sachen mit sik in de Schankstuuv rin.

„Gun Abend uk!", reep he kandidel un güng op den Krööger to, de achtern Tresen stünn un smöök.

„Künnt wi Speelmannslüüd för twee Daag ju all mit uns'e Musik 'n beten opmüntern?"

„Sooo, Musikers sünd ji?" De Krööger nöhm de Toonpiep ut'n Mund un munster de beiden vun Hövden bet to de Fööten. He weer 'n mastige Mann mit dicken Billen un böös opstahn Hoor. Bi sien Anblick müss Maria fuurst an den oolden vun Elkgaard denken. „Mit 'n Prück op Kopp un in fienen Kleedaschen, kunn he sachs sien Broder sien.", schööt ehr dat in'n Sinn un se kunn sik dat Grienen knapp verbieten.

„Wenn ji wüllt, kann ik'n lütte Kostproov geben."
Bevör de Krööger anter, harr Korl sien Fiedel utpackt
un geev een flotte Polka to'n besten.
Eben noch harrn de Lüüd an den Dischen wat drusig op
ehrn Brammwien un Beer stiert. Nu avers deen se
alltohoop mit oprieten Münnern den spiddeligen
Jungkeerl angluupen.
Maria güng dat nich anners. Över dörtig Mielen weer
Korl mit swooren Gepäck rümwannert, un nu speel he
so frisch op, as weer nix west. Denn dreih sik Maria
na'n Krööger üm. Toeers harr he de beiden wat
schuulsch ankeeken. As harr 'n Sünn de griesengraaen
Wulken verdrieben, höör he den Fiedelspeeler mit
glinstern Ogen to. As Korl mit sien Stück farrig weer,
heel em de Krööger de Hand hen un lächel breet. „Ji
künnt för twee Daag hierbleben, kriegt een warme
Mahltied un Beer free Huus un künnt op'e Heiböhn
slaapen."
„Afmaakt!" Korl slöög in. Denn füll sien Blick op
Maria, de wat bedröppelt ut'e Wäsch keek.
„Wat dat Övernachten angeiht, wörrn wi geern een lütte
Kamer nehmen." Ut'n Büdel kreeg he een Daler hervör
un leeg dissen op'n Treesen.
„Uk goot." Mit'n tofreden Mien leet de Krööger den
Daler in sien Plaaten verswinnen.
„Denn kümmt man mit." He steek 'n Lüch an un steeg
een smaale Tripp rup.
Mit'n: „Biddschöön!" wies he den beiden een
Dackkamer. De Kamer harr een Alkoven, een Disch,

twee Hükers, un in'e Wand eenige Haaken. Korl slöög dat Beddtüüch op un keek sik in allen Ecken üm. Allns weer renntlich un dat Beddtüüch rüük sogaar na Lavendel.

„Een Bidd hebbt wi noch. Mien Fruu is vun de wieten Reis noch böös topass, sodat wi eers morgen Abend opspeelen warrt."

„Do kann man nix maaken.", brumm de Krööger, geev Korl dat Lüch un tramms mit'n: „Gun Nacht.", de Tripp hendaal.

„Nu sünd wi Mann un Fruu? Dat güng je fix.", see Maria, as se alleen weer, un lach.

„Na kloor!", Korl grien se breed an. „Du wullt doch nich, dat de Lüüd sik över uns dat Muul terrieten oder uns de Schandaarm op'n Hals schicken?"

„Wenn dat mien stackel Vadder wüss.", süüch se un leet sik in den Alkoven fallen. Miteens stick se sik rood an.

„Schüllt wi beid hier binnen slaapen?"

„Wi sünd doch Mann un Fruu.", anter Korl ganz truuschüllig. 'n korten Ogenblick weer Maria so baff, dat se keen Wuurt rutkreeg. Man he lach: „Keen Angst. Ik slaap op'e Deelen."

Soorgsaam leeg he sien Reisemantel op'n Footborrn.

„Na denn will ik uk nich so sien.", anter se gnädig un smeet em een Koppküssen un een Deek röver.

„Kannst du so goot wesen un de Alkovenvörhäng to trecken? Ik will mi neemlich utrecken.", bee Korl.

„Ik denk wi sünd nu Mann un Fruu?", gludder Maria un möök de Vörhang to. Achter de Gardien kunn se Korl mit de Kleedern russeln höörn.
Kort laater güng in de Dackkamer dat Lüch ut un jedeen wünsch den annern een goode Nacht.

*

„Maria, kumm op, de Dag graut al."
„Laat mi doch noch'n beten slaapen.", nöel Maria un dreih sik üm. Man, Korl geev nich na: „Deit mi leed. Avers vundag luurt 'n Masse Arbeid op uns."
„Mann in'e Tünn!", brumm Maria un klei sik de Ogen. Achter den Alkovenvörhäng kunn se Korl sien Schatten sehn.
„Ik warr mi op'n Hoff waschen, denn kannst du di hier in heele Rauh anplünnen." As glieks daarnah de Döör jank un Maria Korl de Tripp hendaalklebuddern höör, schoov se mit'n deepen Süüchen de Vörhäng bisiet un plier in de Dackkamer. Baarfoot trippel se to'n Finster un keek na nerrn. Kort laater kunn se Korl sehn, de sik ünner een Pump waschen dee. Alleen bi den Gedanken an dat ieskoolde Water, kreeg se een Gooshuut. As se wat laater in'e Schankstuuv keem, weer Korl al an't Eeten.
„Hau rin, bevör se koolt is.", see he mit vullen Mund. Gau güng se güntöver hensitten un keek op de groote Schötel mit Grütt un den dampen Humpen. Freidig

98

greep se to un drünk. Mit'n kruuse Snuut, leet se den Humpen op'n Disch ballern.

„Wat is denn dat? Dat weckt je doode Katten op?" Verwunnert keek Korl vun sien Schötel op.

„Warmbeer. Wat hest du denn dacht?"

„Gifft dat keen anstännigen Koffi?", brumm Maria un stier Korl an, as harr he Schuld an.

„Deit mi Leed. För Koffi mutt man wat to betahlen. Avers dat letzte Geld is för de Kamer weg gahn."

„Keen Koffi?", süüch Maria op dat barmhartigste. Se stier den Humpen an. Denn greep se na den holten Sleef. „Denn eet ik eben wat." As se mit de Grütt dör weer, schoov se de Schötel bisiet un böög sik to Korl wat vörnöver. „Hest du al een Plaan?", see se liesen un schuul to'n Krööger röver, de süss de eentige in'e Schankstuuv weer.

„Toeers mööt wi in'n Dörp för uns Kunsert 'n beten klappern gahn. Daarnah söökt wi uns een passen Flach, wo wi de Stücke dörgahn künnt. Dat anner..", nu schuul uk Korl to'n Krööger röver, „besnackt wi laater."

Na'n Frukkost güngen se dör dat Dörp. An jede Eck leeg he sien Hoot för sik hen un speel den Lüüd wat för, un Maria süng daarto. Daarnah dee he de Lüüd för'n Abend in den Kroog inlaaden un güng wieder.

As se na'n goode Stunntiet mit dat Dörp dör weern un Korl een Padd inslöög, de na de Borg güng, heel dat Maria nich mehr ut:

„Un wat maakt wi nu?"

„Na wat wull? Wi doot den Kasten vun allen Sieden utkunkeluurn. Sachs gifft dat worr 'n Steed, wo wi ungesehn rinkümmt."

„Du wullt bi den Schattmeister instiegen?", stammer Maria. „Hest du sowat al maal maakt?" Se keek em schuulsch an.

„Nee!", lach Korl. „Wenn wi den Schattmeisters avers op'e Spoor kaamen wüllt, blifft uns sachs nix anners över." As se vun Bööm un Knicks verbargen de Borg ümrunden deen, keem Maria sik as'n Deef för.

De Buu harr veer Flögel mit'n Doortaarn an'e Oostsiet un een mastigen Taarn an'e Nuurdwest-Eck. De Wänn weern all frisch verputzt un de Finster mit ni'en Glasschieven versehn. Sogaar de gulden Wetterfahnen op den Däckern harr man frisch reinmaakt. Se deen in'e Sünn blinker-blenkern.

„Dat allns mutt een Masse Geld kost hebben.", brumm Maria.

„Un nichmaal 'n Muus kümmt in dissen Kasten rin.", brumm Korl mit'n düüster Mien torüch. Denn süüch he. „Kumm, laat uns nahuus gahn."

„Wi hebbt uns de Nuurdsiet je noch gaarnich ansehn?", Maria weer verdattert. Korl tuckschüller. „Un wenn uk. Wiss is daar uk allns vergeevs."

„Nix daar! Wi süht uns allns an!", se greep na sien Armmau un tehr em mit sik.

De Nuurdsiet weer nich verputz worrn, do an'e heelen Wand de Haagdoorn bet ünner't Dack wuss.

„Mm. Dat is wat. Daar künnt wi in de Finster rinklattern.", nöel Korl.

„Du büst je nich klook!", reep Maria. „Wi warrt uns an all de doren Döörn Kleeder un Huut terrieten." Maria seeg de Wand af. Miteens füngen ehre Ogen to lüchen an. Se knüff Korl basch in'e Sieden un wies op'n Backsteenwand, de nich vun Rosen towassen weer. „Nimm du de Rosen, ik nehm de Geheemdöör!"

„Du tüünst! Dat is blots'n Stück free'e Wand."

„Is se nich!", suuster see torüch. „Dat is blots opmaalt, un een lütte Footstieg löppt daar bet to'n Woold! "

„Meenst du?", Korl grien. Maria leeg de Hänn in'e Sieden: „Wenn du meenst dat ik'n Tüddeltanten bün, denn gah doch hen un klopp daargegen!"

„Allns goot, Ik glööv di je. Op jedeenfall gifft dat nu doch een Steed, vun wo man in'e Borg rinkamen kann."

*

An dissen Abend weer de Kroog rammelvull! As de Schankstuuv dat to leet, weern de jungen Lüüd böös an't dansen, wiltdes de Oolen mit'n Piep in'n Mund oder 'n Humpen Beer oder Brammwien bi de Wänn stünnen. De Krööger keem mit den Utschank kuum na un strahl as'n Honnigkookenpeerd.

Korl seeg Maria mit glinstern Ogen an un speel frisch op to, un Maria süng un lächel torüch. Noch ni harr ehr dat Musik maaken soveel Freid maakt as hier.

„So, nu hebbt wi uns 'n lütt Paus verdeent.", see Korl na'n Stünntiet un wisch sik den Sweet vun'e Bless. Mit twee Beerhumpen keem he anstrüffelt.

„Ik warr mi ünner de Lüüd mischen. Sachs krieg ik je wat över unsen Schattmeister to weeten.", daarmit drück he ehr een Humpen in'e Hand un verswünn.

Maria nipp an'n Beer un keem sik miteens wat verluurn för. Na'n Wiel keemen 'n Koppel Mägde op se to trippelt. Mit hoogroden Köpp deen se na fragen, vun wo se her keem un wo se överall speelt harrn.

„Hebbt se uk al in'e Königsstadt speelt?"

„Na kloor!", laag Maria. Man, nu wull de Fraageri gaarkeen Enn nich hebben. Maria keem in't stammern un föhl sik hitt un koolt togliek.

„Wi hebbt sogaar för den König speelt!", reep miteens Korl un lächel de Deerns an.

„För'n König?", acheln de Mägde in'n Kor un deen em mit glinstern Ogen ansmachten. Maria füll de Kinnlaad rünner. Denn kreeg se sik wedder in.

„Jewull, för den König un nu warrt dat Tiet, dat wi noch 'n beten opspeelt.", se trock Korl mit sik.

„Wo kannst du so driest lagen?", suuster se em in't Uhr. Korl lächel se schüllern an. „Klappern höört numaal to'n Gewarf."

„Du olle Hans in allen Hägen hest blots een vun de Deerns angrawen wullt.", brumm Maria torüch.

„Afgünstig?"

„Drööm du Mann, un nu griep na dien Fiedel!", anter se mit hoogroden Kopp.

*

„Hest du vunabend wat rutkregen?", hojahn Maria, as se na Middernacht in ehr Kamer weern.

„Dat kannst du wul weeten.", anter Korl un trock sik de Schöh ut. „Twee Deenstmägde un 'n Knecht ut dat Slott hebbt mi vertellt, dat ehr Herr eegens siet veelen Johren nix mehr in'e Melk to'n krömen hatt harr. Man, för een Johr schull he vun so'n dootbleben Groottanten unvermood een Masse Geld arvt hebben."

„Na un?", fröög Maria un trock achter sik de Alkovenvörhäng to.

„Dat is noch nich allns. Ümmers, wenn Vullmaan is, schall he dör sien Gaarn na'n Woold sliekern. Un dat uk eers siet een Johr."

„Du, Korl, morgen is Vullmaand! Wenn wi Glück hebbt, kriegt wi rut, wat he Schiet an'e Hacken hett."

„Dat seeg ik uk so. Gun Nacht.", see Korl un lösch dat Lüch.

Kapittel 10
Opluurt

An'n neegsten Abend harrn Maria un Korl blots bet Klock teihn in'e Schankstuuv speelt. As se daarnah ut'n Kroog güngen, stünn de Vullmaand hoog an'n Heben un lüch över de heele Dörpstraat. As Müüs deen se an den Hüüs vörbi huschen un denn den Redder lanksgahn, de na de Borg henföhr. In'e Neegde vun den Nuurdflögel weern se ünner een Busch kruupen un deen op'e Luur liggen. As de Karkenklock twöölfmaal slöög, un sik ümmernoch bi'n Nuurdflögel nix röög, füng Maria to quesen an: „Wannehr kümmt endlich de Keerl? Ik spöör jedeen eenkelten Knaaken!"

„Dat glööv ik nich. So goot du an eenigen Steeden utpolstert büst."

Maria kunn Korl in'n Maandenschien grienen sehn:

„Haal den Klöter, oder ik vergeet, dat ik'n Daam bün!", sauster se basch.

„Wenn man di so höört, büst du dat al lang nich mehr."
Maria wull em graadeben böös in'e Siet knüffen, as in
dissen Ogenblick de Geheemdöör mit'n liesen Janken
opgüng. Gau deen sik beide platt op'e Eer smieten. Een
spiddelige un wat vörnöverböögte Mann güng sachen
den smaalen Footstieg henlank. Bi de Wooldkant
ankaamen, keek he sik na allen Sieden üm un verswünn
mank de Bööm.
„Naa, denn wüllt wi maal.", suuster Korl. Op Tipptöhn
deen se em in grooten Afstänn achterna gahn. Jedtmaal,
wenn he sik ümdreih, deen sik de beiden gau achter een
Busch oder Boom versteeken. Toletz keem de
Schattmeister bi een eensaam Lüttbarg an. Uk hier keek
he sik üm. Denn stevel he op de Bargkuppel, wo een
oolde Pavillon stünn. Duur nich lang un vun de annern
Wooldkant leep 'n Dwarg, gau as'n Wissel, den Barg
hoog.
„Verdammig!", flöök Korl un stier achter een Boom na
de Bargkuppel. „Twoors künnt wi de beiden vun hier ut
sehn, avers nix höörn." Miteens füngen sien Ogen to
lüchen an. Nich wiet af vun den Pavillon geev dat
eenige Büsch.
„Wenn ik daar ünnerkrupen kann, krieg ik allns mit."
„Büst du eisch?", sauster Maria. „Wenn sik een
ümdreiht, büst du in Maandenschien glieks to sehn, un
denn is allns in'e Grütt."
„Ach wat. Dat warrt wat!" Bevör Maria em fasthollen
kunn, krawwel Korl den Barghang rup.

„Disse dumme Jung!" Maria keek mit böös klebuddern Hart na Korl un denn to de beiden Lüüd. As Korl ünner de Büsch verswünn, aten se deep dör.

Worraftig kunn he hier ünner den Telgen den Schattmeister höörn, de mit harde Stimm den Dwarg rümkummandeer. „Du söörgst mi för, dat man disse Halskeed bi de Elkgaards in ehrn Slott finnen deit! Denn sitt dat Backbeest vun een Minister richtig böös in'e Schiet, un disse Dröhnbartel vun'n König fritt mi ut'e Hand."

„Un denn krieg ik em wedder?", fröög de lütte Keerl mit'n hoogen Piepstimm un greep mit bevern Hänn na de Keed.

„Een Sack ut'e kön
igli'en Schattkamer bruuk ik noch.", brumm de Schattmeister. Nu füng de Lütte to wimmern an. „De Herr hett mi dat avers toseggt!"

„Holl dat Muul! Ik kann dien jammertutige aart nich mehr höörn.", buller de. De Dwarg füng to nicköppen un to deenern an: „De Herr, hett mi dat verspraaken."

„Vergitt nich, dat ik mit di maaken kann, wat ik will! Avers, ik will man nich so sien. Dissen Sack noch, un denn kriggst du em wedder." Daarmit güng he af un stevel den Barg hendaal. Bi de Büsch, wo Korl leeg, bleev he kort bestahn un luuster. As de Muus, de de Katt för ehr Lock harr, stier Korl op sien Snallenschöh, de blots'n Fingerbreedt för sien Nees weern un waag dat nich to aten.

„Dat is knapp west!", süüch Korl glücklich, as de Schattmeister wiedergüng un in'n Woold verswünn.

„Un wat nu?" Korl schuul na'n Pavillon, wo de Dwarg ümmernoch an't wimmern un klagen weer.

Do keem em een Gedanke op. Ahn sik lang to besinnen, krawwel he ut de Büsch un leep to em.

„Nich schimpen! Ik maak ja allns, wat se wüllt!", stammer de Dwarg mit bevern Stimm. As he gewahr worr, dat he nich den Schattmeister, sünners so'n Jungkeerl för sik harr, schreeg he op. Bevör he weglopen kunn, harr Korl na sien Hand griepen.

„Keen Bang! Ik doo di nix! Ik will blots mit di spreeken." Mit sien Gluupschogen seeg de Dwarg schuulsch to den Jungen op. „Hett di de Herr schickt?"

„Mit dissen Keerl heff ik nix an'n Hoot. Avers, sachs kann ik di helpen?", see Korl un leet em loos.

„Du wullt mi helpen?", brumm de lütte Mann un wisch sik över de lange Nees. Korl kunn em dat ansehn, dat he em nich sünnerlich övern Süll truu.

„Ik will blots, dat du mi tohöören deist, mehr nich."

„Soo? Denn vertell." De Arms överkrüüz un den Kopp wat schraag, seeg de Dwarg Korl an un tööf. Korl güng in'n Sniedersitt för em hensitten. He see, wo he heet un dat de oole Elkgaard em in sien Huus opnahmen harr. Denn vertell he vun den Grafen Klinckow un sien dree Döchtern, de dat stahlen Geld in't Unglück bröcht harr.

„Minschenjung, wenn du glöövst, dat ik ju ut'e Kniep helpen kann, hest du di aarig snieden.", brumm de Dwarg amenn. „Ik bün een Slaav un för den Herrn nix anners as Grant op'n Weg, op den he rümpedden kann, as he will."

„Sachs kann ik di je helpen, dat du vun em free
kümmst.", see Korl gau un keek den lütten Mann vull
Hopen an. Man, de schüttköpp. „Wodennig wullt du dat
anstellen?"

„Ik heff mitkregen, dat he wat hett, wat du wedder
hebben wullt. Segg mi wat dat is, un ik warr di dat
bringen."

„Ik kann di dat nich seggen.", see de Dwarg liesen.

„Kannst du dat nich seggen, oder wullt du nich?", haak
Korl na. De lütte Mann klei sik den kruusen Boort un
wiek Korl sien Blicken ut.

„Ik truu mi nich.", brumm he liesen.

„Wat maakt di bang?" As weer em de Footborrn ünner
sien Fööten to hitt worrn, trippel de Dwarg unglücklich
hen un her. Toletz seeg he Korl mit sien Gluupschogen
driest an:

„Ik bün bang, dat du uk nich beter büst, as all de
Minschen, de ik beto bemööt bün."

„Bi allns wat mi hillig is, warr ik di dat, wat man di
wegnahmen hett, bringen." Korl heel em sien Hand
hen. „De eentige Bidd de ik heff, is de, dat du uns
helpen deist, dat de Welt weeten deit, wat för een bööse
Mann de Schattmeister is." Mit'n steenern Mien stier de
Dwarg de henhollen Hand an. Sachen keek he to den
Jungen hoog. Bi sien Blick leep Korl een ieskoolde
Schuur den Rüüg henlank. Dat leet, as kunn he bet op
den deepsten Grund vun sien Seel sehn. Toletz süüch de
Dwarg un slöög in de anbaden Hand in.

„Höör mi to, Minschenjung. In'e Studeerstuuv vun sien
Borg steiht een lütte Holtschachel. Wenn du mi disse
bringen deist, warr ik di un dien Frünn helpen."
„Woso deist du se nich sülm haalen?", wunner sik Korl.
Man de Dwarg seeg em truurig an. „Wiltdat ik dat nich
dörf."
„Afmaakt." , anter Korl, un de Dwarg strahl över dat
heele Gesicht.

*

„Wat drievt he blots daar baben?", schimp Maria un
stier na'n Pavillon.
As de Schattmeister nich wiet af vun ehrn Boom vörbi
güng, harr se dacht, dat Korl liekers torüch slieken
keem. As se em wiltdes in den Pavillon lopen seeg,
bleev ehr vör Angst binah dat Hart stahn.
„Verdammig! Wat hett den dummen Jung rieten!",
flöök se un seet to'n Sprung an. Denn beteem se sik.
Den Blick graadut op den Barg richt, drummel se mit
de Fingers gegen den Boomstamm. As Korl mit den
Dwarg den Barg hendaalstevel, kreeg se sik gaarnich
mehr in. Korl avers wünk ehr al vun wieden to.
„ Maria, du kannst rutkamen! Allns is goot!"
„Wenn du dat seggst.", nöel se liesen un keem ut'n
Boomschatten hervör. Korl leep dat letzte Stück un
lächel. „He will uns bi helpen, dat wi dien Vadder
wedder free kriegen." Daar harr Maria nich mit reeken:

„Oh, Korl, dat is je wunnerbor!", reep se luut ut. Ahn sik lang to besinnen, güng se op den snaaksch utsehn lütten Mann to. Mit licht scheeven Kopp keek disse to ehr hoog. As Maria avers för em in'e Huuk güng un de Hand geev, kunn se op sien Gesicht een flüchtig Smüüstern sehn. Korl weer in'e Twischen in den Woold gahn.

„Wo wullt du hen?", Maria stünn op.

„Wi mööt för em wat ut'e Borg haalen, wat de Schattmeister em wegnahmen hett, un denn kriegt wi den Keerl bi de Büx."

„Hett dat nich bet morgen Nacht Tiet?", süüch Maria.

„Leeder nich.", anter Korl.

„Wenn dat so is?" Maria överleeg nich lang: „Denn man to."

Liesen güngen de dree dör'n düüstern Woold. As de Borg mank de Bööm in Sicht keem, föhr de Dwarg se op Tipptöhn na de Nuurdsiet. Daar wies he op een Finster in'n tweeten Stockwark. „Daar achter is de Studeerstuuv."

„Kannst du uns de Geheemdöör opmaaken?", fröög Maria den Dwarg. De seeg se leidig an. „Ik dörf nix gegen den Herrn doon."

„Dat maakt nix." Korl wies op den hoogen Haagdoorn. „Ik klatter eenfach rop." Maria wies em een Vagel. „Du warrst di de Huut tweirieten! Un wat is mit dat Finster?" Korl trock sik sinnig de Schöh ut. „Kiek nau hen! Dat Finster steiht 'n Spier apen. Un wat de doren

Döörn angeiht, so warr ik mi de Strümp över de Hänn trecken."

„Du Puttfaken!" Maria stier wat aneekelt op de stinkigen Strümp. „De schusst du man leever opbrennen."

Mit 'n ruckdi riet se ehr Schullerdook entwei. „Nimm dat hier.", brumm se un ümwickel Korl sien Hänn.

Mit'n liesen: „Dank di.", trock Korl sik Strümp un Schöh över un sliek to de Nuurdwand. Ünner den bangen Blicken vun Maria un den Dwarg klatter he den Hagdoorn hoog.

Liekers fünnen de Döörn ümmer wedder ehrn Weg. As Korl endlich dör dat apen Finster steeg, weern sien Kleeder tweirieten un an veelen Steeden harr sik de Stoff root farvt. 'n Ogenblick stünn he eenfach daar, snapp na Luff, un lüüster in't Düüster. Man, dat eentige wat he höör, weer de eegen Hartslaag un de langen Finstervörhang, de sachen in'n Wind hen un herweihn deen.

As sik sien Ogen an dat Dämmerlicht wennt harrn, sliek he op Tipptöhn över de gnarrn Dielen dör de Stuuv. Avers, wedder op'n Kaminsimm noch op den Böökerboorden stünn een Holtschachel. Do füll sien Blick op den Sekretär, wekke för dat tweete Finster stünn. As sik Korl vermooden wörr, weer de breede Schuuvlaad tosluten.

„Wat nu?", fröög he sik in'n stillen. Op'e Schriefdischplatt leeg mank eenigen Feddern een Breefmess. Ahn sik lang to besinnen greep he daarnah

111

un steek dat in dat Slötellock. **Knack** möök dat! Hastig dreih sik Korl na de Döör üm un lüüster. As allns still bleev, trock he mit'n deepen Süüchen de Schuuvlaad op. As he mit bevern Hänn een lüürlütte Schachel herut hool, kunn he sik dat breede Grienen nich verkniepen.

„Heff ik di!" Bevör Korl dat klook kreeg, sprüng een Mann achter den Vörhäng hervör un dee em de Schachel ut'e Hänn rieten. Korl stier em blots an, un kunn dat nich begriepen.

„As ik bi dien Busch vörbigahn bün, sünd dien flassblonden Hoor nich to översehn west.", gnigger de Schattmeister. De Schachel ünner'n linken Arm klemmt un in'e rechten Hand een Pistool stünn he för Korl un grifflach. „Wat meenst du, woso dat Finster open stahn hett?"

„Wo is eegens de tweete Spitzboof?", gnarr he. „Rumpetrumpe!" Sodraa stünn as ut'n nix de Dwarg in'e Stuuv. „Wat befehlt de Herr?", fröög he liesen un bever as Eschenloov.

„För't eerste schasst du dissen Jung in dat deepste Lock smieten, dat du finnen deist. In'e Twischen warr ik över nahdenken, wat de Nageltunn oder de Galgen de passen Straaf vör een Verrääter is." De Dwarg dee sik den Schattmeister för de Fööt smieten un ween op dat barmhartigste. As Korl seeg, wodennig de sik an dissen Anblick pleeg, kunn he för Wuut kuum still stahn. „He kann daar nix för! Ik alleen heff daar de Schuld an!"

„Snack keen Dummtüüch un warrt eersmaal richtig
dröög achter de Uhrn!", schull de Schattmeister un
pedd den Dwarg in'e Siet.
„Stah op un maak, wat man di seggt hett!" Dat weer
mehr as Korl sik mitansehn kunn. Bats güng he op den
Schattmeister daal. Bevör disse na em scheeten kunn,
harr Korl em de Wapen ut'e Hand slaan un sik op em
smieten. Mit een Kraff, de Korl ni bi den oolden Herrn
vermoden wörr, harr disse em op'e Siet rullt. Nu seet he
op em babenop!
„Soo!", quüch sien Gegner. „Segg attüss!" He greep mit
beiden Hänn na Korl sien Kopp un dunner em ümmer
wedder gegen de Deelen, bet för Korl sien Ogen allns
swart worr.

„Korl, waak op!" Eers swaak, denn luuter höör he in'e
Biesternis een vertruut Fruunsstimm.
„Korl, segg wat!" As dör'n Sleier worr he Maria
gewohr. Vörnöverböögt stier se em mi natten Ogen an.
„Du hier?", stammer Korl un reev sik den Achterkopp.
„Ik kann je wieder gahn.", lach Maria un help em op.
„Wo is de Schattmeister?"
„Denn heff ik as'n Rullmops inwickelt." Mit'n Grienen
wies se na Siet, wo he schöön tosnört op'n Footborrn
leeg un sik wedder ricken noch rögen kunn.
„Wodennig hest du dat farrig kregen?", Korl kunn dat
nich begriepen.
„Tschaa, mien Jung, uk ik kann mehr as blots
Swartbroot eeten!" De Hänn keisch in'e Sieden, keek se

em stoolt an. „As ik buten all den Larm höört heff, bün ik den Haagdoorn hoogklattert. To'n Glück is de Keerl so dull mit di togang west, dat he nix mitkregen hett. Ik heff denn na de Pistool griepen un em daarmit daal slaan. Un dat Tau hett mi de Dwarg geben. Uk hett he mi seggt, dat ik den Schattmeister dissen Ring vun'n Finger aftrecken schall. Blots dör em harr he neemlich so'n groote Kraff hatt."

„Mit di will ik mi leever nich anleggen.", grien Korl un seeg sik na de Schachel üm. De Deckel weer dör den Opprall op'e Deelen tweigahn un een lüürlütte Tettel keek ut em herut. Mit de Schachel in'e Hand güng he to den Dwarg, de 'n beten betaf stünn.

„Woso hest du mi nich holpen?"

„Ik dörf nich.", see de Dwarg wat benaut un schuul na de Schachel in Korl sien Hänn.

„Mi düch, nu weet ik woso du uns ni dien Naam seggt hest." suutje trock Korl dat Stück Popeer herut. Op dissen stünn blots een eentig Wuurt.

„Nu hest du dien Naam wedder: Rumpetrumpe." As harr man em mit 'n Nadel steeken, tucks de lütte Mann tosamen. As Korl em den Tettel in sien Hand leeg, leepen em de heelen Traan de Wang henlank un he möök för beiden Minschen een deepen Deener.

„Ik stah för ümmers in juun Schuld.", stammer he un wisch sik mit'n Armau över de Ogen. Maria geev em ehr Daschendook.

„Wi wüllt blots, dat alle Welt to weeten kriggt, wat för een Keerl de Schattmeister worraftig is."

„Dat maak ik geern för juu.", see he un seeg se fründlich an.

„Denn, laat uns glieks loosgahn!", reep Maria. „Vadder sitt veel to lang in'n Kerker un ik will endlich weeten, wo dat Lovisa geiht!" De Dwarg weeg sinnig den Kopp. „Man sach, junge Fruu. Fiev Daag warrt wi wul bet to'n Königslott bruuken."

Kapittel 11
Een tweete Opgaav för Lovisa

„Könili'e Hoheit, de Königin will ju spreeken."

„Wat will se nu wedder!", süüch de König. Denn wünk he mit'n Lupenglas in'e Hand na sien Deener. „Kumm man her, Lasse. Sowat hest du dien Leevdag nich sehn." Sinnig keek de oolde Mann op een lütt gulden Ding op een sieden Kissen.

„Naa, wat seggst du daarto?"

„Tjaa, könili'e Hoheit. Wenn mien Ogen nich gänzlich doof sünd, wörr ik je seggen, dat dat 'n Mantelspang is." As harr he 'n aardigen Schöler för sik, nick de König em öllernhaftig to. „Avers een, de dat in sik hett." De König drück em dat Lupenglas in'e Hand. „Un nu pass op, wat passeern deit, wenn ik dat mit mien Finger antick un daarbi segg: Gah op!" As vun Spökelhand dee de Mantelspang ganz vun alleen opgahn. „Un nu seeg ik: Gah to!" Daar weer se uk wedder to.

„Naa, do blifft di de Spraak weg?" Freidig seeg de König sien Deener an.

„Dat kann man wul seggen, könili'e Hoheit." Egens güng den oolden Keerl disse Speelkraam vulkaamen af. Man, he wull sien jungen Herrn nich de Freid verdarven.

„Nix för ungoot, könili'e Hoheit. Avers juun Mudder, de Königin, müch ju fuurts in'n grooten Saal spreeken."

„In'n grooten Saal?" As harr man em mit 'n Nadel in den Achtersen steeken, jöög de König piel op. „Hett Mudder all de Fruunsminschen tohoop trummeln laaten, de noch nich verheiraat sünd? Oder wat?"

Blots mit veel Möh kunn sik Lasse dat Grienen verkniepen. „Dat nich, könili'e Hoheit. Avers hebbt ji denn gaarnich mitkregen, wat de heele Stadt al weet? De Dochter vun den Grafen Klinckow is wedder daar. Se hett worraftig dat witte Reen mit dat gulden Geweih mitbröcht."

„Un dat seggst du mi nu eers, Lasse!", reep de König un iel ut'e Kunstkamer. De oolde Deener seeg sien Herrn na un schüttköpp.

So gau, as sik dat för'n König schicken deit, leep Kristian dör de Gäng. Eers för de Saaldöör mit den Lakaien daarvör, bleev he kort bestahn. He trock sik de Kleedaasch torecht un geev denn dat Teeken to'n opmaaken. Dat eerste, wat he gewahr worr, weer sien Mudder un ehre Hoffdaams.

„Kristian, do büst du endlich!"

„Een König hett ümmers veel to doon, Mudder.", anter he gau un möök över ehre Hand een Luffkuss.

„In'e Kunstkamer büst du west."

„Uk 'n König mutt sik vun dat swoore regeern wat verhaalen."

„Dummsnack.", brumm se un all de Hoffdaams deen ievrig nicköppen.

„Hier is een, de di spreeken will.", anter se wat fründlicher un wies na'n Saal. 'n beten betaf stünn de Grafendochter. An een Lien heel se dat witte Reen. Mit'n Lächeln güng he op se to un bekeek sik dat Wunnerdert vun allen Sieden.

„Du büst echt een Prachtdeern! Hunnert Mannslüüd hebbt dat versöökt un sünd nich wedderkaamen. Un du hest dat in veer Daag farrigkregen."

„Se hett all de Stackels erlöst un disse greesige Hex is uk nich mehr.", see de Königin achteran un all de Hoffdaams deen daarbi in'e Hänn klappen.

„Du hest de Hex ünnerkriegen?", stammer de König. He gluup Lovisa an, as keem se vun een annern Steern.

„Ik heff blots 'n beten Glück hatt.", suuster Lovisa un keek mit hoogrooden Gesicht op ehre Fööt. All disse Loovhuddeli möök ehr Angst. Opleefst weer se op'e Hack ümdreiht un ut'n Saal gahn. Denn müss se an ehrn Vadder denken. Se geev sik 'n Ruck:

„Könili'e Hoheit, ik heff mien Wuurt hollen. Laat se nu mien Vadder free?"

De König seeg dat witte Reen an un denn de lütte Grafendochter. To'n eerstenmaal in sien Leben harr he een Fruu för sik, vun de he geern mehr wüss. Eegens müss he ehrn Vadder rutgeben. Avers sachs kreeg se je noch mehr farrig?

„Een König steiht to sien Wuurt. Avers een allerletzt Opgaav müch ik di noch geben: Bring mi een lebennige Kantele. Denn hest du babento een Wunsch bi mi free."

„Un denn is mien Vadder worraftig free?" Lovisa seeg em nau in'e Ogen.

„Mien Ehrnwuurt.", see he un heel ehr sien Hand hen. Mit'n Nicköppen slöög Lovisa in. Denn drück se den König de Lien in'e Hand.

„Bidde gaht se mit em goot üm." Denn slöög se ehre Arms üm den Hals vun dat witte Reen un leeg ehrn Kopp an sien Fell.

„Attüss.", suuster se em in't Uhr un güng ut'n Saal.

„De stackel Deern. Woso hest du ehr noch so'n lastig swoore Opgaav ophalst?", fröög de Königin, as Lovisa to Döör rut weer.

„Ik kann juu nich seggen, wat dat is. Avers se hett wat an sik, wo ik geern daarachter kaamen will."

„Soo?", see de Königin sachen un keek ehrn Söhn scharp an. „Denn künnt wi hoopen, dat bi di sachs noch nich allns verluurn is?"

De König lächel un straakel dat witte Reen mit dat gulden Geweih.

Kapittel 12
De lebennige Kantele

As Lovisa ut'n Slott güng, weer ehr reinweg schedderig tomoot. Se harr blarrn un sik togliek in'n Moors bieten kunnt. „Woso heff ik nich de Kraasch hatt, un dissen Sirupsprinz vun een König seggt: Nu is daddeldu! Stah to dien Wuurt?", schimp se, as se dör de Straaten vun de Residenzstadt güng. Sachs kunn ehr de Vossmann wedder ut'e Kniep helpen? As se dat Stadtdoor achter sik harr, bÃ¶Ã¶g se in een Wooldpadd af. Endlich weer se bi de lütte Kuul ankamen, wo de Vossmann op en Stubben huuk. As Lovisa to em hendaal steeg, keek he op. Dat leet, as kunn he dör se dör sehn. „Na, wat will he nu?"

„Och.", süüch se un güng op een moosigen Steen hensitten. „Dat schall noch nich gellen! Ik schall em een lebennige Kantele bringen." As'n Kluck Water stier se op ehre Fööt.

„Dat is slimm!", gnarr de Vossmann.

„Kannst du mi helpen?", fröög se liesen un schuul to em röver. As harr he 'n Miegelreemhupen ünner'n Moors rutsch he op sien Stubben hen un her.

„Ik kann di helpen. Man, eegens müch ik dat nich." Verwunnert keek Lovisa op.

„Woso nich?"

„Ik heff Angst, dat du... doot bliffst." Lovisa spöör een Stich in'n Harten. Avers eenfach de Segel streichen keem för se nich in'e Mütz.

„Un wenn uk!", see se mit faste Stimm. „Ik heff de Nevelhex 'n lange Nees dreiht, denn kann ik dat sachs uk ditmaal!"

„Wat dat angeiht, so is de Nevelhex gegen de Huldra een lütte Deern.", de Vossmann knack mit de Fingerknaaken, „Se hett disse gediegen Kantele, un se is dat uk west, de mi verflöökt hett. Wenn se di bi de Büx kriegt, lett se di vun ehrn Wüülf opfreeten oder se deit di uk in een Vosswesen verwanneln."

„Un wenn uk.", anter Lovisa. „Denn büst du tominnst nich mehr alleen."

„Alleen?", anter de Vossmann mit'n Mien, as harr he Essig drunken. „Eensaam is dat! All de Deerten gaht di ut'n Weg, denn för se büst du 'n halve Minsch, un de Minschen wüllt di an't Fell, do se in di een greesig Beest sehn."

„Kannst du nich erlöst warrn?", Lovisa keek op.

„Dat kann ik.", anter de Vossmann tögern. Ümmernoch wiek he Lovisas Blicken ut. „Avers mehr dörf ik di nich seggen."

In'e Kuul worr dat boomstill. Lovisa wüss nu, wat för een greesig Enn op se luur. Avers wat wörr denn ut ehrn Vadder warrn? Un wat ut den Vossmann? Toletz wüss se, wat se doon müss. Mit'n -ruckdi- stünn se op un stell sik för den Vossmann op.

„Bring mi na de Huldra hen!"

„Hest du keen Angst?"

„Ik maak mi binah in'e Büx! Wenn ik avers kniep, kann ik mi ni wedder in'n Speegel sehn." De Vossmann seeg Lovisa truurig an un süüch.

„Denn stieg op.", see he un güng in'e Huuk. „Haal di goot fast, ditmaal hebbt wi een lange Reis för uns!

Wedder flöög de Vossmann graadto dör'n Woold. Keen Knick weer em to hoog un keen Stroom to breed. Lovisa müss Arms un Been as 'n Schruuvstock üm den Vossmann leggen, üm nich rünner to fallen.

Dree Daag un twee Nachten weern vergahn, as de Vossmann in een öden Hoogebene haalt möök. „Wi sünd daar." Mit natten Fell un bevern Kneen güng he op een Felsen hensitten.

Wo Lovisa uk henkeek, wiet un siet geev dat nix anners as Heidekruut un Steen. De Luff weer so knaakenkoolt, dat man den eegen Aten sehn kunn.

„Schöön melanklöterig is dat hier.", brumm Lovisa un knüpp sik den Mantel faster to.

„Dat is dat Riek vun de Huldra.", anter de Vossmann liesen. „Gah ümmers de Abendsünn nah, denn kümmst du to ehr Huus."

„Denn warrt ik maal.", see Lovisa mit'n Klüten in'n Hals. Se wull graad afgahn, as de Vossmann se bi de Schullern fastheel.

„Ik heff noch wat för di." Bevör se dat klook kreeg, harr he na ehre Hand griepen un ehr een lütten, ut Kohblööm knütten Ring över den Finger steeken.

„Dreih em, wenn du in'e gröttsten Noot büst." Trotz de Küll rundüm kunn Lovisa de Warmte spöörn de vun em utgüng.

„Ik kaam wedder.", anter se un lächel em to. Lovisa mark, dat ehr de Ogen natt worrn. Gau wenn se sik vun em af un stevel na de Heid, ümmers de Abendsünn na. Wiet un siet geev dat nix anners as Heidekruut un griese-graae Felsen. Narmsworr worr se een Vagel oder een anner Deert gewohr. Eensaam un alleen, as weer se an't Enn vun de Welt, wanner se. Blots de Wind huul un bruus över de Heid un greep na ehren Kleedern.

Se fröög sik: Wat is, wenn se den Uurt vun de Huldra nich finnen kann, un wenn se daar is, wat schall se denn doon? As harr se Blieschöh an, füll ehr dat gahn ümmer swoorer un de Angst kruup ehr bet to'n Hals.

As miteens in'n verswinnen Dämmerlicht in'e Feern een lüürlütt Lücht schemmer, füll ehr een Möhlsteen vun'n Harten.

„Man to, Lovisa!", möök se sik sülm Moot un güng daar driest op to. Ganz ut'e Aten, avers froh, dat se nich in'e pickenswarten Heid rümbiestern müss, keem se bi een lütte Kaat to'n stahn. Op Tipptöhn sliek se to'n eentigen Finster: „Schall mi maal verlangen, wat daar binnen op mi luuren deit.", suuster se un schuul rin. För een Kamin stünn een hoogschaaten Fruu mit rooden Hoor. Se harr sik över een grooten Ketel böögt. Ogenschiens weer se graad ievrig mit kooken togang. „Dat is je een ganz egaale Fruunsminsch.", dach Lovisa toeers. Denn seeg se den buschigen Vossteert, de ünner dat Kleed herutkeek un sachen hen un her weddel.

Lovisa wull graad na Döör gahn, as disse vun alleen op güng.

„Kumm rin. De Nacht is veel to koolt to'n butenstahn.", reep vun binnen een fründliche Stimm. Lovisa keem sik för as'n Lüttgör, dat man mit wat verbadenet bi de Büx kregen harr. Schüllern seet se een Foot över'n Süll. As vun Spökelhand güng achter ehr de Huusdöör mit'n liesen Janken wedder to. De Huldra röög ümmernoch den Ketel as weer nix west. Blots den Vossteert harr se nu sorgsaam ünner ehr Kleed verbargen.

„Sett di daal.", see se ahn sik ümtodreihn. Benaut güng Lovisa op een Wandbank hensitten un keek sik üm. Sünnerlich veel to sehn geev dat man nich: Middig in'e Stuuv stünn een eenfache Holtdisch un twee Bänk. Vun de siet hangen Böhn hüng een Masse Büdel un lütte Pütt. Bi de een Wandsiet stünn een groote Eekenkist. Güntöver weer een Wandboord vull Pütt un Töller. Dat eentige Lich keem vun den Kamin. Keen vun den beiden Fruuns see wat. Blots dat gnaastern Füür un de brodeln Ketel weern to höörn.

Toletz hüng de Huldra den holten Sleef an een Haaken un dreih sik na ehrn Gast üm. Se weer so schöön, dat Lovisa de Ogen nich vun ehr laaten kunn. „Gegen de is sogaar Katharina een Aschenpüüstersch.", schööt ehr dat dör'n Kopp.

„So schööne Wöör krieg ik eegens blots vun Mannslüüd to höörn.", see de Huldra un lächel se mit sneewitten Tähn an.

„Ik heff doch gaarnix seggt!", stammer Lovisa verdattert.

„Ach Deern!" gludder de hoogschaaten Fruu. „Wenn ik di in'e Ogen seeg, büst du för mi een apen Book." Mit hoogrooden Kopp keek Lovisa na nerrn.

„So is dat beter.", höög sik de Huldra. „Wat is eegens dien Begehr?"

„Ik heff höört, dat du een lebennige Kantel besitten deist."

„Sachs heff ik sowat, sachs uk wedder nich.", anter de Huldra un seeg Lovisa wiss an. Lovisa wiek ehrn Blick ut un keek fast op ehre Schöh.

„Gaht wi vun ut, dat du se hest, kunnst du se mi geben?"

„Woso schull ik se di denn geben?", fröög de Huldra un stell sik nau för Lovisa op.

„Wenn ik se den König bringen doo, lett he mien Vadder free, de unschüllig in'n Kerker sitten mutt."

„Ik heff keen sünnerlich Verlangen na, een König een nieget Speeltüüch to schenken.", keem dat vun de Huldra basch torüch. Mit bodderweeken Kneen stünn Lovisa op un seeg ehr in't Gesicht.

„Ik bidd di. Du büst de eentige, de mi un mien armen Vadder helpen kann." Ditmaal weer dat de Huldra, de wat verbaast torüch keek. Denn leeg se de Hänn in'e Sieden:

„Du hest Kraasch, Minschenkind! Du hest Glück, dat ik di nich glieks in een Deert verwannelt heff. Liggt di worraftig soveel an dien Vadder?"

„Mehr as mien eegen Leben.", anter Lovisa mit bevern Stimm un nicköpp. De Huldra see se graadut herut an. Bi ehrn Blick füngen Lovisa ehre Ogen to brennen an. Un doch wenn se sik uk ditmaal nich vun de Fruu af. Miteens lächel de Huldra:

„Ik heff de lebennige Kantele nich, Minschenkind. Avers ik kann se vun mien Deeners för di maaken laaten." Bevör Lovisa ehrn Dank utspreken kunn, wünk de Huldra mit de Hand af: „Wenn mien Deeners an ehr arbeiden, muttst du dat Licht hollen. Slöppst du to, warrt se di opfreten. Wullt du ümmers noch?"

Ahn sik lang to besinnen nicköpp Lovisa.

As weer dat 'n Anter, güng de Döör wedder vun alleen op. Över'n Süll keemen dree Wüülf anstörmt. Se deen op dat Töllerboord lankslopen un an sien Enn wedder hendaalspringen. In'n neegsten Ogenblick stünnen dree schööne Mannslüüd för Lovisa. Fuurts güngen disse bi de lebennige Kantele to buuen. De Huldra drück Lovisa een brennen Kienspaan in'e Hand. Denn güng se op een Wandbank hensitten un keek vun daar ut to. Wiltdes müss Lovisa de heele Tiet blangen den dreen stahn.

In'e Kaat weer dat boomstill worrn. De Warmte vun dat gnaastern Kaminfüür mook Lovisa ganz druusig. Ümmer wedder müss se sik dat Hojahnen verkniepen. Uk wullen de Ogen ehr tofallen. Jedtmaal, wenn se kort wegnick, deen de Jungkeerls se in'e Siet knüffen.

„Slöppst du?"

„Nee, ik bün waak!", anter se gau. „Ik heff daar blots över gruvelt, woveel Bööm in mien Vadder sien Woold stahn." Do harrn sik de Mannslüüd wedder in Wüülf verwanneln.

„Tööf, wi warrt se för di tellen!" Denn weern se uk al ut'e Kaat.

„Schaad is dat.", meen de Huldra un beseeg sik de halve Kantele. Denn muttst du wul de neegste Nacht uk den Kienspaan hollen."

Se föhr Lovisa in een lütt Kamer ahn Finster, wo een Bedd stünn.

„Hier kannst du bet to'n neegsten Abend slaapen.", see se un mook achter ehr de Döör to.

„Dat is böös knapp west.", süüch Lovisa, leeg sik daal un stier in't Düüster.

As de Huldra se an'n neegsten Abend wecken dee, keem Lovisa swoor op'e Been. Ümmer wedder harr se vun dröömt, dat de Wüülf se opfreten. De Vossmann harr sik dat mitansehn musst, un de Huldra stünn blangen em un lächel.

As de letzte Sünnenstrahl achter de Kimm verswünn, keemen de Wüülf ut'e Heid störmt, deen över dat Töllerboord lopen un sik in Mannslüüd verwanneln.

Lovisa müss wedder den Kienspaan hollen. Mit brennen Ogen keek se den dree bi de Arbeid to. De Kopp worr ehr ümmer swoorer. Tweemaal harrn de Keerls se al in'e Sied stooten un fraagt: „Deern, slöppst du?" De Stuuv, de Huldra, de op'e Wandbank seet, dat allns seeg se as dör'n Sleier. Unvermood höör se een vertruut Stimm: „Dreih em, wenn du in'e gröttsten Noot büst." As se de Ogen opslöög, seeg se dree Wüülf op'n Sprung. Gau dreih se den lütten Bloomenring. - Bumbats- stünn de Vossmann vör ehr.

„Röögt se nich an!", reep he. Denn wenn he sik an de Huldra.

„Herrin, du hest je al een Kantele. Woso giffst du se ehr nich?"

„As ik den knütten Ring op ehrn Finger sehn harr, heff ik glieks wusst, dat du daarachter stickst. Un nu büst du daar, üm dien Leefste to retten." De Huldra keem op den Vossmann to. As harr se so'n nüdelichen Hund för sik, straakel se em den Kopp. Denn haal se ut de Eekenkist de lebennige Kantele un drück se Lovisa in'e Hänn. „Hier hest du se, un nu gah!"

Lovisa höör achter sik de Döör opgahn. Man, se rick un röög sik nich. Se seeg den Vossmann an. Mit daalhangen Kopp stünn he blangen de Huldra un see keen Woort. Lovisa spöör, dat ehre Hänn för Brass bevern. Opleefst harr se de hoogschaaten Fruu dat Instrument för de Fööt smieten.

„Giff mien Vossmann free!" Mit'n steenern Mien keek de Huldra se vun baben raff an.

„Wenn he di soveel weert is, Minschenkind.", gnarr de Huldra un weddel mit den Steert „Nich wiet af vun hier gifft dat een Tövergaarn, wo ümmers Vörjahr un Summer togliek is. Middenmank in dissen Gaarn steiht een Boom mit dree gulden Appeln. All dree Stück will ik hebben."

„Wenn ik se bringen doo, giffst du den Vossmann free?" Lovisa keek to de grooten Fruu hoog.

„Bi mien Steert, du schasst em kregen. Kümmst du avers mit leddigen Hänn torüch, warrst du mien Deenersch." Lovisa sluck all ehre Ängst hendaal un nicköpp. De Huldra lächel:

„Gah slaapen. Morrn Abend hest du 'n lange Reis för di."

Kapittel 13
De Tövergaarn

Uk ditmaal kunn Lovisa nich richtig goot slaapen. Se drööm, dat de Huldra se in een Vosswesen verwannelt harr. Ehre Familie seeg se ni mehr wedder. Halv as'n Minschen un halv as'n Deert müss se un de Vossmann för de Huldra arbeiden un ehr to'n Willen wesen.
Sodennig weer Lovisa eegens bannig froh, as de Döör vun de düüster Slaapkamer opgüng un de Huldra se mit 'n beten wat to'n leben op'n Weg schick.
De Huldra harr ehr twoors seggt, dat de Tövergaarn nich wiet af vun de Kaat leeg. Man mehr uk nich. Miteens höör Lovisa achter sik wat gnaastern. Gau dreih se sik üm un worr den Vossmann gewohr. Binah schüllern, seeg he se an. „Lovisa, woso deist du dat? Du harrst je mit de Kantele nahuus gahn kunnt."
„Wiltdat ik...", Lovisa bröch in'n Satt af. „Kannst du mi helpen?"

„Gah de Abendsünn nah un begrööt de Morgensünn. Denn warrst du in'e Feern een Glasbarg sehn. Bi em warrst du den Tövergaarn finnen. Wenn du för de iesern Poort steihst, röög se nich mit de bloten Hand an. Över dat Grass dörfst du nich baarfoot un nich mit Schöh gahn un de gulden Appeln dörfst du nich mit de Hand afplücken."
„Wodennig schall ik dat henkriegen?" Lovisa weer kort an't blarrn.
„Du schaffst dat.", see de Vossmann mit warme Stimm. Blots'n Handbreed stünn he för ehr af. Bevör Lovisa dat klook kreeg, harr he sik vörnöverböögt un küss se. Denn dreih he sik -swupps- op'e Hack üm un weer verswunnen. 'n korten Ogenblick stünn Lovisa wat verdattert daar, denn güng se mit wieten Schreed na de Heid. Narmsworr bemööt se een Deert. De Wind greep na ehrn Mantel un de Luff weer to'n snieden koolt. Mit schrienen Hänn un traanigen Ogen wanner se dör de Heid. Un doch föhl se sik nich alleen, se dach an den Vossmann un weer glücklich.
As de Abendsünn achter de Kimm verswünn, seeg se miteens in'e Feern een Minschen. As se op em togüng, draap se 'n Fruu mit sülvern-graaen Hoor. In een dicken Fellmantel inhüllt, seet se op 'n Felsen un wünk na ehr.
„Di schickt de Himmel!", süüch de oolde Fruu. „Ik heff mi den Foot an dissen dösigen Felsen stuckt un kann nich mehr gahn."

„Leeg dien Arm över mien Schuller, ik bring di na Huus." Lovisa heel ehr de Hand hen. Dankbor greep de oolde Fruu daarnah un trock sik mit veel Mööh hoog.

„Wees bedankt, mien Deern. Mien Kaat liggt nich wiet af." Den een Arm harr se üm Lovisa ehr Schuller legen, mit den annern wies se na vörn. Nu seeg uk Lovisa in'e Feern een lütt Kaat, de in'e Abendsünn rood lüch. Se nicköpp un humpel mit ehr af.

Böös ut'e Puust un mit maddeligen Been keemen se mit den letzten Sünnstrahl bi de Kaat an. Bevör man nich mehr de Hand för den eegen Ogen sehn kunn, harr Lovisa de Fruu op ehr Bedd legen. Denn güng se bi un bött in'n Kamin een Füür an. Toletz kreeg se ehrn Büdel hervör un deel dat beten Eeten, wat se harr, mit de Fruu.

„Wees so goot un vertell mi, wat du op'n Harten hest. Sachs kann ik di helpen."

De Frömde see dat so fründlich, dat se gaarnich anners kunn, un allns vertell.

„Dien Vossmann kann mehr as blots Swartbroot eeten!", see amenn de oolde Fruu. „'keen de ümmers junge Herrin vun'n Tövergaarn bestehlen will, mutt dat bannig klook angahn. Un ik kann di to raaden." Denn wies se op den iesern Staff, de blangen de Döör stünn.

„Mit dissen deist du de iesern Poort opstööten. Bevör du avers intreeden deist, ümwickel dien Schöh mit Gras. Wenn du för den Boom mit den gulden Appeln steihst, plückst du se mit een Astgavel af. Dat allns dörfst du avers eers doon, wenn dat Abend warrt un de ümmers junge Herrin slöppt. Denn düch mi, warrt se nich daarachter kamen, wokeen den Appel stahlen hett. Un nu nimm de Felle, de in'e Eck liggen un leeg di för'n Kamin hen. Bevör de Dag graut, warrt ik di wecken."

As de Fruu Lovisa an'n neegsten Dag wecken dee, weer se frisch op. Al lang harr se nich mehr so goot slaapen!

„Veel Glück op all dien Wegen." Lovisa wull sik bi ehr bedanken, man de oolde Fruu wünk mit de Hand af: „Dank mi nich. Du hest mehr goodet an mi daan, as du denken kannst."

Mit frischen Moot un den iesern Staaf in'e Hand, wanner Lovisa dör de düüstern Heid. As dat achter de Kimm dämmer, keem unvermood een Katteeker ut'n Busch herutlopen. Keen teihn Schreed af, bleev dat Deert bestahn un keek Lovisa mit sien swarten Knoopogen an.

„Stackel Puschel. Wat hest du op so een boomfreen Placken to sööken?", see Lovisa mit warme Stimm. De Katteeker weddel mit sien plusterigen Steert, leep avers nich weg.

„Sachs heff ik wat för di." Lovisa knütt den Eetenbüdel op. In em weer noch een lütt Broot, 'n Buddel mit Water un in een Dook een Handvull Kroons- un Bickbeern. Disse dee se op een platten Steen legen un güng wieder. In'e Twischen weer de Morgensünn as'n gulden Füürball över de Heid opgahn.

„De Morgensünn schall ik je begrööten. Un wo is nu disse dore Glasbarg?", fröög Lovisa sik sülm un keek rund. In den Busch blangen ehr russel dat. Wedder

keem de Katteeker herutlopen. 'n beten betaf vun ehr
stell dat Deert sik op sien Achterbeen un keek se
graadut an. Lovisa smüüster. „Deit mi Leed, mehr heff
ik nich." Lovisa wull graad liekut na de Morgensünn
gahn, as de Katteeker to keckern anfüng. As se sik na
em ümdreih, stünn dat Deert een poor Schreed vun ehr
af un weddel mit sien Stert hen un her. Achter den
Katteeker lüch wat in'e Feern.
„Dat mutt de Glasbarg sien. Dank di, mien lütte Fründ."
Nu, as se dat Maal för sik harr, weer Lovisa heel licht
tomoot. As harr se 'n Fedder in'e Hand, swüng se den
Iesenstaaf bi't gahn för sik un de Fööt flögen graadto
över de Eer. Daarbi snack se mit den Katteeker, de
blangen ehr her leep.
Mit de Tiet weer de Wind toslaapen un de Heid
veränner sik. Dat geev nu lütte Barkbööm mit
hellgröönen Blättern. Ünner ehrn Föten weer 'n weeke
Moosdeek. Ümmer wedder müss Lovisa över lütte
Beeken springen, wo dat Water so kloor weer, dat se de
Fisch sehn kunn. As se denn den Glasbarg för sik harr,
weer se reinweg ut'e Tüüt. „Ik mutt dröömen." swiester
se to'n Katteeker. Wiet un Siet, wo se uk henkeek, weer
'n Meer vun lütten, blaaen Steernblöten. De sööte Rüük
möök Lovisa ganz swiemelig. Blangen den Glasbarg
wuss een groote Doorntuun mit een iesern Poort in'e
Midd. Sachen stapp se dör de Blomenwisch, denn
överall un allerwegens weern averduusend
Plüschmoors ievrig ünnerwegens. As Lovisa för de

iesern Poort stünn, weer de Katteeker al daar un weddel mit den Steert.

„Deit mi Leed, Puschel. Wi mööt bet to'n Abend töben.", see Lovisa to em. Denn güng se hensitten, knütt den Büdel op un deel dat verbleben Eeten mit dat Deert. Daarbi keek se över de Blomenwisch. Allns weer hier so still un freedsaam.

„Wat geiht dat doch in'e Welt gediegen to.", see se to'n Katteeker, de graad bigahn weer un sik mit de Vörderpoten de Nees böss, „Mien Söstern hebbt stickelt, dat ik tohuus as so'n Küken op'n stinkigen Mess sitten doo. Un ik heff ümmers dacht: Se hebbt recht un heff mi achter Böökern verkrupen." De Katteeker sprüng unvermood op Lovisas Schoot un leet sik vun ehr straakeln.

„Un nu bün ik dat, de mit een Vossmann dör de Welt reist.", see se un lächel.

As de Abendsünn achter de Kimm verswünn un laater de Maand opgüng, ümwickel Lovisa ehre Schöh mit Grashalmen. Denn stünn se op. „So Puschel, mi dücht, dat Best is, du tööfst hier op mi." Den iesern Staaf in beiden Hänn güng se na de Poort, haal deep Luff un stööt den Staff mit all ehr Kraff daargegen.

-Krawaller!- sprüngen de Doorflögel op. „Herrin, waak op! Wi warrt mit Iesen stooten! Dat Isen is stärker as wi!", schreeg een hooge Stimm dör'n Tövergaarn.

„Weest still! Laat mi slaapen!", reep de ümmers junge Herrin un schüttköpp. „Wat schull ju den süss stööten as Iesen?" Denn steeg se in't Bedd un trock sik mit een sieden Deek to.

Lovisa stünn wiltdes mit anhollen Aten daar un lüüster. Man, dat eentige wat se höör, weer ehr eegen Hartslaag. Denn geev se sik 'n Ruck un seet den eersten Foot in den Gaarn.

„Waak op, Herrin!", seen de Blööm ganz jammertutig. „Dat Grass drückt uns daal!"

„Weest still! Laat mi slaapen!", süüch de junge Herrin un verkniep sik dat Hojahnen. „Wat schull ju süss daaldrücken, as dat Grass!"

Mit botterweeken Kneen bleev Lovisa bats bestahn un lüüster. Dat leet, as leeg de heele Tövergaarn in'n drüdden Droom. Op Tipptöhn sliek se dör den Tövergaarn un keek rund. Do weer de Appelboom! Op een lütten Barg stünn he eensaam un alleen daar un de dree gulden Appeln lüchen in'n Maandenschien. Bi em ankaamen, söök se den Borrn na'n passen Sticken af. As se een Astgavel fünn, heel se mit de een Hand ehr Kleed hoog un mit de annern Hand dee se mit den Sticken de dree Appeln afplücken.

„Waak op, Herrin!", suustern de Appeln. „Een Twieg will uns afrieten!"

„Weest still un stört mi nich!", nöel de junge Herrin druusig un dreih sik op'e Siet, „Wat schull ju süss anrögen, as 'n Telgen."

Mit bevern Hänn steek Lovisa de gulden Appeln in ehrn Büdel un iel na'n Utgang to.

As se ut'e iesern Poort hendör leep, dee sik de Ümhang in een vun de Döörflögel verheddern.

Krawaller! Baller se mit em de Poort to un Lovisa klebudder mit den Achterkopp gegen de Trallen. Daarbi greep se mit de een Hand na de Poort.

„Herrin, waak op! Ruchwark hett mi tostööten un Minschenhand hett na mi griepen!", hall dat dör'n heelen Tövergaarn. Bi de Wöör güng de jungen Herrin dat op, dat jichtenswat in ehrn Riek nich ganz rein weer! Gau smeet se de Siedendeek vun sik un stünn op. Lovisa harr sik in'e Twischen wedder oprappelt. Vertwievelt trock un tehr se an ehrn Ümhang. Se kunn em avers nich ut'e Poort kriegen.

Sodennig leep se in'n bloten Kleed un den Büdel ünner'n Arm över de Blomenwisch un sprüng över de veelen Beeken na de Heid.

De ümmers junge Herrin weer wiltdes in ehrn Gaarn rümgahn. As se vör den leddigen Appelboom stünn, leep se mit rafften Röck na de Poort. Se snipp mit de Finger. De iesern Döörflögel sprüngen op un de Fellümhang füll na Eer.

„Wat hebbt wi denn hier?" Se böhr em op un güng op de Blomenwisch. Denn reep se de Plüüschmoors to sik. „'keen is över de Wisch gahn?"

„Ümmers junge Herrin: Een Minschendeern is mit de Abendsünn hier hendörgahn.", summen de Plüüschmoors.

„Soo?", see de Herrin, trock 'n Ogenbruue in'e Höögde un iel över de Blomenwisch. As se bi den eersten Beek keem, buuk se sik to em hendaal un düüker ehre Hand in't Water.

„'keen is gistern vörbikamen?"

„Ümmers junge Herrin! As de Middagssünn över uns stünn, is 'n Minschendeern mit lichten Fööt över uns röversprungen.", ruus de Beek ehr to.

„Denn weet ik, keen daarachter stickt.", brumm de Herrin, stünn op un reep na'n Adler.

„Bring mi in'e Heid!", geev se em Oller, steeg op sien Rüüg un flöög mit em in'e Luff.

Den Büdel fast an'n Bossen drückt, leep Lovisa, as harr se den Doot in'n Nacken. Af un to keek se achter sik. Wiet un siet weer de Katteeker, dat eentige Leevwesen, dat blangen ehr herleep. As se de Heid för sik harr, weer se mit de Kräff amenn. De Been deen ehr wegknicken un se füll lingelank in dat Heidekruut. Lovisa dreih sik op'n Rüüg un bleev eenfach beliggen. Mit fahrige Hänn wisch se sik de sweetnatten Hoor ut'n Gesicht un japp na Luff. Do höör se ut'e Feern een Vagel schriegen. As se opkeek, seeg se an'n Heben den Adler mit 'n Fruu op.

„Ik kann nich mehr! Wat schull ik maaken?", süüch se un seeg vertwievelt den Katteeker an. De avers leep in'n Krink üm se rüm un kecker. Ünner Lovisa bever de Eer un dat gnaaster un knack.

Beför se dat klook kreeg, fünn se sik in een hollen-bollen Boom wedder. Blots 'n lüürlütt Lock geev dat. As'n Muus keek se daar hendör un luuster.

„Se is doch graadeben hier west!", reep'n Fruunsstimm un güng üm den Boom rüm. Mit anhollen Aten huuk Lovisa in ehrn Ünnerkruup un rick un röög sik nich. Na'n Wiel dee sik de Herrin op den Adler setten un flöög weg.

De heele Boom bever. Dat knack un gnaaster so luut, dat Lovisa de Hänn över de Uhrn leeg un de Ogen tokniep. As dat wedder still weer un se de Ogen opslöög, weer de Boom verswunnen! To Lovisa Fööten seet de Katteeker un keek se nelich an. Lovisa nehm dat Deert op 'n Schoot un straakel em dat Fell.

„Süht so ut, as wat du mi dat Leben rett hest, Puschel.", see se blied. 'n korten Ogenblick lang seeg dat Deert se liek an, denn spriing dat vun ehrn Schoot un verswünn in'e Heid. Lovisa bleev noch'n korte Tiet besitten un keek em na. Denn stünn se op un wanner wieder.

As dat Abend worr, harr Lovisa de Kaat vun de oolden Fruu för sik. Mit klappern Tähn un mööden Knaaken, avers glücklich, klopp se an'e Döör un güng rin. Kuum weer se övern Süll, schreeg Lovisa op un drück den Büdel fast an sik.

Blangen de oolden Fruu stünn de ümmers junge Herrin! „Ik heff dat al wusst, dat du daarachter sticken deist.", swiester se brimsch un keek de Oolde böös an. „Du weest nipp un nau, dat jedeen Leevwesen starven mutt, dat wat ut mien Gaarn stehlen deit!"

„Sösterhart, wees nich böös! De Deern hett een goodet Hart un se hett dat allns blots för em daan.", begöösch

de oolde Fruu de Herrin un nehm se an'e Hand.
Tosamen güngen se op Lovisa to.

De Herrin vun'n Tövergaarn weer nich veel grötter as
Lovisa. Op'n eersten Blick weer se 'n Deern vun
achteihn Johr. As Lovisa avers in ehre Ogen keek, wüss
se, dat dat nich so weer.

„Is di de Vossmann soveel weert?" Ahn sik lang to
besinnen nicköpp Lovisa.

„Denn warr ik di een Schangse geben. Twee vun mien
gulden Appeln maakt jedeen Wesen, dat vun em eeten
warrt, wedder gesund. Bi den drüdden Appel blifft man
doot. Blots ik kann de dree ünnerscheeden. Wenn du se
hebben wullt, mutts du een vun dissen Appeln eeten.
Bliffst du nich doot, dörfst du de annern beiden
behollen. Wullt du se ümmernoch?"

Lovisa knütt den Büddel op un keek sik de dree gulden
Appeln nau an. Lovisa seeg den Vossmann för sik, as
he se fröög: Lovisa, woso deist du dat? Un wodennig
he se laater küsst harr. Wedder pucker ehr dat Hart bet
to'n Hals.

„Wenn ik se de Huldra nich bringen doo, mutt de
Vossmann för ümmers ehr Slaav bleben.", anter se mit
bevern Stimm un nehm ut'n Büdel een Appel herut.
Denn föhr se em to'n Mund. Se wull graad vun em
afbieten, as de Herrin basch na ehre Hand greep un ehr
den Appel wegnehm.

„Nimm se all un maak dien Vossmann free!", see de
Herrin un steek den Appel wedder in den Büdel torüch.
„Veel Glück op all dien Wegen, Minschenkind." Denn

nick se de oolden Fruu to un güng ut'e Kaat. Mit den Büdel in'e Hänn, stünn Lovisa daar un kunn dat noch gaarnich begriepen.

„Stackel Deern, du beverst je as Eschenloof." De oolde Fruu greep na Lovisas Arm. „Gah slaapen, dat du wedder to Kräff kümmst."

As'n Popp leet sik Lovisa willig to'n Bedd föhrn. Mit'n: „Slaap man rahr.", dee de oolde Fruu se warm todeeken un straakel ehr över de Wang.

Kapittel 14
As harr se de Wind weg weiht

An'n neegsten Dag worr Lovisa vun dat eegen Tähnklappern waak. As se de Ogen opslöög, seeg se ehrn Aten as'n lüürlütte Wulk na'n Heben sweeven. Lovisa stünn dat Hart stubb still: De Kaat weer weg! Wiltdes leeg se op dicken Fellen buten in'e Heid. De Reiseümhang, den man över Lovisa leggen harr, weer vull Ruuchriep un glinster-glänster in'e Morgensünn. „Heff ik dat allns blots dröömt?", suuster se un bever för Küll an'n heelen Lief. Bang keek se na 'n Büdel un fünn em blangen sik. Hastig löös se mit klammen Hänn de Kördel un süüch. In em weern gottloof de dree gulden Appeln. Man, dat weer nich allns! De Rüük vun frischbacken Broot steek ehr in'e Nees un een leddern Slauch mit wat to drinken weer daar uk bi. Bi den Anblick füng ehr de Maag to knuurn an. Mit bevern Hänn neih se allns bet op'n letzten Kruumen weg. Denn

stünn se op, trock sik den Reiseümhang an un wanner
dör de Heid. Toeers keem se blots mit veel Mööh
vunsteed, denn ehre Fööt weern so verfrorn, dat se
dach, se güng op Eiern. Ümmer wedder keek se torüch
un söök de Heid na de Kaat vun de oolden Fruu af.
Wiet un siet geev dat nix anners as Felsen un
Heidekruut.
As de Sünn blootrood ünnergüng, stünn se för de Kaat
vun de Huldra. Uk ditmaal güng de Döör vun alleen
op.
De Huldra stünn för'n Kamin. „Naa? Wedder daar?",
fröög se un dreih sik üm. Mit'n weddeln Steert keek se
op Lovisa hendaal.
„Schall mi maal verlangen, wodennig du di as 'n
Vossdeern maaken deist. Nu, wo du wedder arm un
bloot torüch büst.", see se un kunn sik dat Grienen
kuum verkniepen.
Ganz sinnig un suutje möök Lovisa den Büdel op. As
harr se de Dunner draapen, stier de Huldra de gulden
Appeln an.
„Bi mien Steert!", stammer se. „Jede Minsch , de in den
Tövergaarn geiht, mutt starven!"
„Ik heff mien Wuurt hollen. Giff mien Vossmann free!",
see Lovisa un drück de Huldra den Büdel basch in'e
Hand. Den Blick pielpall op de lütte Deern richt, stünn
de Huldra daar un rick un röög sik nich. As weer't 'n
Anter, höör Lovisa achter sik de Döör janken. Dree
Wüülf un de Vossmann keemen övern Sülm störmt,
deen över dat Töllerboord lopen un an sien Enn hendaal

springen. In'n neegsten Ogenblick harrn sik de Wüülf in schööne Mannslüüd verwannelt. De Vossmann seeg so ut as ümmers. De lebennige Kantele ünnern Arm stünn he daar un lächel se schuu an.

„Woso deist du nich den Flöök vun em nehmen?", wenn sik Lovisa an de Huldra.

„Dat kann ik nich.", anter disse un seeg Lovisa daarbi wat luurig an. „Wenn du em soo nich hebben wullt, denn gah." Lovisa schreed op den Vossmann to. De avers wüss nich, wo he henkieken schull. De Huldra lächel.

Lovisa straakel den Vossmann sacht över sien Fellwang un greep na sien Hänn.

„Laat mi op dien Rügg un bring uns to'n König.", see se liesen. De Vossmann nick un güng för ehr in'e Huuk.

„Denn warr mit em glücklich!", reep de Huldra un möök sik för Höög binah natt.

Lovisa kehr sik daar nich sünnerlich an. As weer se harthörig, leeg se ehre Arms un Been üm den Vossmann. De Döör güng vun sülm op. De Vossmann sprüng, un, as harr se de Wind weg weiht, weern se ut'e Kaat rut un in'e düüster Heid verswunnen.

Mit wieden Schreed jöög de Vossmann graadto dör dat Land. Keen Woold weer em to dicht, keen Knick to hoog un keen Stroom to breet. He leep de heele Nacht lang bet to'n Morgengraun. He leep den ganzen Dag, bet de Sünn ünnergüng. He leep bi'n Maandenschien un uk den niegen Dag hendör. Eers as to'n tweetenmaal de Sünn as'n roode Füürkugel achter de Kimm verswünn, keem he bi den Woold an, de blangen de Königsstadt leeg.

Bi de lütten Kuul güng he in'e Huuk. As Lovisa mit stieven Been vun em raffstiegen weer, leet he sik rügglinks op dat Moos fallen un japp na Luff.

Lovisa nehm ehrn Reisümhang af un breed em över den sweetnatten Vossman ut. Denn leeg se sik blangen em in dat weeke Moos. Keen see war. In'e Twischen weer to ehren Hövden de Maand opgahn.

„Morrn to'n König un denn is allns goot.", süüch Lovisa un keek in den Nachtheben.

„So kann man dat uk sehn.", brumm de Vossmann.

„Wo meenst du dat?", fraagwies dreih se sik na em üm. He avers stier pielpall na'n Heben.

„Wat meenst du, woso de Huldra lacht hett, as se seggt harr: Denn warr mit em glücklich."

„Avers wi sünd doch nu tosamen?", see Lovisa verwunnert.

„Seh mi doch an!", bats stünn he op, „Mit mi büst du dien Leevdaag lang op'e Flucht. Wo wi uk sünd, överall un allerwegens warrt de Minschen uns jagen." Dat keem so bitter röver, dat Lovisa de Ogen natt bi worrn.

„Denn weer allns ümsüss?", fröög se mit stickte Stimm, stünn op un seeg em an. De Vossmann wiek ehrn Blicken ut. „För uns gifft dat keen Glück. Nimm de Kantele, maak dien Vadder free un gah nahuus." Lovisa harr dat Geföhl, as harr man över se 'n Emmer ieskoolt Water gaaten. Togliek föhl se in ehrn binnersten een groote Wut opstiegen. As bi so'n Damketel bass dat ut

ehr herut: „Wo kann man so dumm sien!", schreeg se
em an. Opleefst harr se em de lebennige Kantele an den
Kopp smieten.

„Denn gah ik!" Mit Swung smeet sik Lovisa den
Ümhang över, möök em mit fahrige Hänn to un klemm
sik dat Instrument ünner'n Arm.

Se wull graad weglopen, as unvermood 'n Koppel
Jägerslüüd rundüm de Kuulenkant stünnen. Ehre
Pieken deen in'n Maandenschien blenkern.

„Ik heff mi doch nich verhöört.", see 'n Mann mit 'n
Adlerfeller op'n Slapphoot un dee mit 'n Armboss den
Vossmann in't Been scheeten. De huul för Wehdaag luut
op. As'n Sack füll he na Eer un heel sik mit beiden
Hänn dat drapen Been.

„Keen Angst, junge Fruu! Dat Beest warrt ju nix mehr
doon!", reep een anner Jäger. De Pieken op den
Vossmann richt, deen de Jägerslüüd in'e Kuul steveln.

'n korten Ogenblick stünn Lovisa stockstief daar un
stier op den sik för Wehdaag winden Vossmann. Bevör
de Lüüd op em insteeken kunnen, harr se sik
breetbensch för em opstellt.

„Röögt em nich an!"

Daar harr de Mannskoppel nich mit reeken. Bumbaff
deen se de lütte Fruu angluupen. „Di kenn ik doch!",
reep een verdattert. „Büst du nich de, de unsen König
dat witte Reendeert bröcht hett?"

„Ja, de bün ik. Ik schall em dit Wesen hier bringen!",
see Lovisa gau. „Un de König will em lebennig

hebben!" Denn trock se sik een Strump ut un verbünn daarmit den Vossmann dat Been.

„Wenn dat soo is..", anter de Mann mit de Adlerfeller un keek ehr to. „Schall he för't eerste an't Leben blieben. An'e Lien mutt he avers, lütt Fruu." Lovisa wüss, dat se nahgeben müss un nicköpp. Still, un mit natten Ogen seeg se to, wodennig man den Vossman de Hänn op'n Rügg binnen un em toletz mit'n Sling üm den Hals ut'n Woold föhr. Jedtmaal wenn he mit dat wehe Been wegknick un na Eer nösel, spöör Lovisa een Stich in'n Harten. Togliek wüss se, dat se sik nix anmarken dörf. Mit tosamenkniepen Mund güng se blangem em un kämp mit de Traan.

Nich veel beter worr dat in'e Stadt. Vun allen Sieden keemen de Lüüd tohoop lopen. Mit veel Grööleri deen se op dat Beest wiesen un mit gammeligen Obst un lütten Steen na em smieten.

„Nu kann mi nix mehr överraschen.", dach Lovisa, as se in de Vörhall to'n Thronsaal keem. Man, se harr sik snieden!

„Lovising!", schreeg miteens een Fruu mit swarten Hoor, füll ehr vörstörm üm den Hals un ween.

„Katharina?", reep Lovisa, un kunn dat noch gaarnich richtig glöben.

„Du glööfst je nich, wat för Ängs ik üm di utstahn heff!", snücker de Söster. Nu seeg Lovisa uk Erik, de blangen ehr stünn un fründlich nicköpp.

Nu leepen uk Lovisa de heelen Traanen de Wang henlank. „Wo sünd Maria un Korl?"

Katharina seeg miteens ganz benaut ut.

„Se is mit Liljenkroon ünnerwegens. De beiden wüllt rutkriegen, wokeen all dat Geld stahlen hett."

„Maria is mit Korl ünnerwegens?", Lovisa kunn dat gaarnich glöben. Opleefst harr se ehre Söster noch mehr fraagen wullt, as in dissen Ogenblick de Döörn to'n Thronsaal op güngen. As'n Pageluun keem de Hoffmeester herutschreeden: „Sien könili'e Hoheit lett bidden!"

Eegens harr he blots Lovisa un de Jägerslüüd rinlaten wullt, man do keem he bi Katharina nicht goot an.

„Wi kümmt mit!", meier se em af.

De König keek wat dösig ut'e Wäsch, as de bunte Koppel Minschen för em stünnen. De Königin trock een Ogenbruu in'e Höögde un ehre Hoffdaams füngen dat Tuscheln an.

Denn harr sik de König wedder faaten. He wünk Lovisa fründlich to sik. De Kantele ünner den een Arm klemmt un in'e annern Hand den Vossmann an'e Lien, keem se sachen op den Thron to. Wedder dwing se sik, nich na'n Vossmann to sehn, de mit Wehdag blangen her henschrökel.

„Du büst worraftig een afsünnerliche Deern!", reep de König un keek twischen de beiden hen un her. Noch nienich harr he een Poor vör sik hatt, dat so verscheeden weer: Een lütte junge Fruu mit blonden Hoor un een grootet Beest, nich Minsch, noch Deert. „Een lebennige Kantele hest du uns bringen schullt, un mit 'n Beest kümmst du torüch."

Lovisa güng vör den König op'e Knee un geev em dat Instrument. In den Ogenblick, as de König de Kantele in sien Hänn heel, füng se vun alleen to speelen an. De Melodie weer so soort un fien, dat all in'n Saal hen un weg weern. De König harr avers blots Ogen för de Grafendochter.

„Könili'e Hoheit, ik heff mien Wuurt hollen. Is mien Vadder free?", fröög Lovisa, as de Melodie verklungen weer. De König lächel. „Een König steiht to sien Wuurt un all sien Land un Geld, wat he verluurn hett, schall em weddergeben warrn.", anter he un seeg ehr daarbi in'e Ogen. Lovisa harr dat Geföhl, as stünn se mit barften Fööt op glösen Kööln. Se wüss, wat nu keem, wörr för ehr ganzet Leben entscheeden.

„Könili'e Hoheit harr mi noch een Wunsch toseggt." Dat Kleed fasst mit beiden Hänn ümkrallt, stünn se daar un luur op sien Anter. Wörr de König uk ditmaal sien Wuurt hollen? Un wat, wenn nich? Een groote Angst kruup ehr bet to'n Hals hoog, dat ehr speiövel worr.

„Wat ik verspraaken heff, gellt."

„Denn gifft mi den Vossmann."

Daar harr keeneen in'n Saal mit reken. Rundüm füngen de Lüüd wild to snacken an un deen de snaaksche Deern un dat Beest angluupen. Katharina snapp na Luff un Erik brabbel wat in sik rin. De König stünn, as vör'n Kopp stött daar un de Mund klapp em op: „Du wullt dat Beest hebben?"

„För mi is he keen Deert.", see Lovia mit unvermood luude Stimm un dreih sik to'n Vossmann. De heele Tiet över harr de blots den Footborrn anstiert. Nu avers seeg he se verwunnert an.

„Ik will un kann nich ahn di leben.", see se un nehm em de Sling vun'n Hals. „Du büst de eentige, den ik to'n Mann hebben will, un keeneen annern." Denn stell se sik op Tipptöhn un küss em.

Ut'n Nix keem een Windbö dör'n Saal bruust un feeg de Lüüd dör Hoor un Kleeder. He weer so stark, dat Lovisa sik an'n Vossmann fasthollen müss. As de Wind sik wedder leegt harr, stünn för Lovisa een junge, hoogschaaten Mann. Spiddelüür weer he ümmers noch. Uk harr he vossroode Hoor. Dat Fell un de Steert weern avers verswunnen. Mit hoogroden Gesicht see he se wat schuu an, denn he weer splitternakelt.

Lovisa steek sik liekers rood an. Gau knüpp se ehrn Ümhang op un leeg em över ehrn Leefsten.

„'keen büst du denn?", stammer de König un keem op de beiden to.

De Vossmann nehm Lovisa in sien Arm.

„Mien Naam is Tirill. Mien Mudder is de Königin vun dat ünnereerdsche Volk. Do ik een Huldra nich to'n Willen wesen bün, harr se mi verflöökt.", see he. Denn böög he sik över Lovisa röver. „Wullt du mi ümmernoch hebben, nu, wo ik so ganz anners utseeg?", fröög he se un grien.

„Ik weet nich so recht.", anter Lovisa un lach. „Wenn du di'n Vullboort stahn lettst un ik di Vossmann nöhmen dörv, kann ik mi sachs an wennen."

„Denn kann man wul nix maaken.", see de König. As'n Jung, den man graadeben sien Bonscher klaut harr, stünn he daar: „Eegens harr ik di sülm geern to'n Fruu nehmen wullt."
„Denn gaht in'e Welt, könili'e Hoheit!", Lovisa seeg em fründlich an: „Wiss warrt ji een passen Fruu finnen." Se greep na de Hand vun ehrn Leefsten: „Nu warrt wi mien Vadder haalen, un op sien Slott warrt wi heiraaden."
„Twee Hochtieden, Söster!", reep Maria dör de apen Saaldöör. Tosamen mit Korl, een Dwarg un den Schattmeister keem se in den Saal herinstörmt. Rundüm füngen de Lüüd to snacken an. Maria stüür wiltdes driest den Thron an.
„Könili'e Hoheit! Dat is de Mann, de ju bestohlen hett!"
„Dat kann nich sien?", stammer de König. As de Oss de roodanstreeken Schüünwand, gluup he de junge Daam un denn sien Schattmeister an, de in Fesseln för em stünn un sien Blicken utwiek.
Eers as Korl em knüff, keek he op un geev allns to.
Bevör de König wat seggen kunn, harr sik Maria - swupps- ümdreiht. Mit Korl an'e Hand leep se op Lovisa to un ümarm se. Alltosamen güngen se ut'e Döör.

*

Do weer'n Grafen west, den weer vun sien Riekdom nich mehr nahbleben as 'n oolt Slott, een groote Woold un twee Weetenkoppeln. Dat geev avers een Ding op dat he bannig stoolt weer, un dat weern sien Döchter un de Enkelkinners! Wenn se em besööken deen, weer de Freid bi den oolden Mann groot. Den heelen Dag lang speel he mit den Lütten in'n Slott Griepen oder Versteeken. Wenn de Abend keem, seet he mit de heelen Familie in'e Böökeri för den knaastern Kamin un lees Määrken vör. Wenn he avers dat Aventüür vun Lovisa un den Vossmann vertell, un Tirill Lovisa denn - swupps- op'n Rügg nehm un dör de Gäng leep, deen de Kinners för Freid krieschen un mit veel Juchei den beiden achterna jagen. Un wenn se nich dootbleben sünd, den doot se dat noch.